La fille qui voyage au-delà des mers

Mathias Goddon
Orland Mbetoule

La fille qui voyage au-delà des mers

roman autobiographique

Déjà parus :

Mathias Goddon, *Rendez-vous à Saint-Antoine*, policier, Éditions Papier Libre (collection faisant partie des Éditions du Polar), 2011 ; réédition par l'auteur en 2015 : 978-2-9550971-0-6

Mathias Goddon, *Tuez-les tous, Dieu reconnaîtra (peut-être) les siens*, policier, Éditions Atramenta, 2014

Mathias, Goddon, *Une douloureuse enquête*, policier, Éditions Encre Rouge, 2017

© 2020 Goddon Mathias / Mbetoule Orland
Édition :
BoD – Books on Demand,
12/14 rond-point des Champs-Élysées, 75008 Paris
Impression :
BoD – Books on Demand, Norderstedt, Allemagne
ISBN : 978-23-22202-62-1
dépôt légal : février 2020

« La vie est un risque. Si tu n'as pas risqué, tu n'as pas vécu. C'est ce qui donne un goût de champagne. »
Sœur Emmanuelle

Je dédie ce livre à mon père Jean-Paul Mbetoule III. Beaucoup ont perdu un membre de leur famille. Je pense à ceux qui ne sont pas arrivés, réduits en esclavage en Libye ou encore qui sont restés au fond de la Méditerranée…
Nous avions tous le même but,
la quête d'une vie meilleure…
Orland Mbetoule

1

L'apparition

Grenoble – septembre 2015

Entre deux verres, Charles Bukowski aurait déclaré : « On rencontre parfois la bonté au milieu de l'enfer. »[1]

Qualifier ma vie d'enfer pourrait paraître excessif, mais le magma professionnel et le contexte personnel dans lequel je vivais pouvaient m'y faire penser. Enseignant dans une zone que certains considéraient de non-droit – comme mes collègues –, je menais une bataille de tous les instants contre l'ignorance, l'intolérance et tous les maux qui pouvaient affecter une société. Sur le plan personnel, mon divorce, qui datait de trois ans, m'avait emmené sur les rives de la solitude et des histoires sans lendemain.

Puis un jour l'amour survint. Il me tomba dessus comme une évidence.

C'est sa taille qui m'avait d'abord le plus impressionné. Sa silhouette se détachait nettement du reste de la foule, lumineuse et ondulante, un fil aux pointes marron se dirigeant vers moi comme une reine au milieu de ses sujets. Perchée sur ses talons – et grâce à cet artifice – elle me dépassait quasiment d'une tête.

Mes sens en ébullition tentaient de me désarçonner. Jamais je n'avais eu l'occasion d'entrer en contact avec

---

[1] Charles Bukowski, *Women*, éditions Grasset, 2011

une aussi belle femme, ainsi je dus faire le vide intérieurement pour apparaître le plus calme possible. Après la discussion que j'avais eue avec elle sur un forum de rencontre, puis au téléphone quelques jours après de premiers dialogues encourageants, nous avions convenu d'un rendez-vous.

Elle s'appelait Jane.

Se décrire virtuellement n'est pas une chose aussi aisée qu'il y paraît. Homme ou femme, chacun peut toujours pérorer sur son physique, néanmoins la réalité s'avère parfois cruelle. Elle avait eu beau me dire que, sans coup férir, oui, elle ne laissait aucun homme indifférent, je restais tout de même sceptique. Soit elle avait une trop haute opinion d'elle-même, auquel cas je n'aurais su cacher ma déception, soit elle était si jolie qu'elle prendrait la poudre d'escampette en m'apercevant. Je m'estimais quelconque et absolument pas dans les normes de ce dont rêvaient – ou plutôt semblaient vouloir rêver – les femmes. Les râteaux faisaient du mal à l'âme et j'en avais pris un assez monumental quelques jours auparavant.

C'est pour cette raison qu'au début de notre relation, je me montrais des plus prudents. Je laissais passer même trois jours avant de la rappeler. Il faut dire aussi que la rentrée en septembre avait sonné le glas des sacro-saintes vacances d'été et je ne comptais plus les heures passées derrière mon bureau ou en salle des professeurs au lycée.

Qu'attendait-elle de cette relation ? Je l'appris plus tard, on lui avait dit de se méfier de l'homme blanc et une expérience lointaine dans son passé l'avait confortée dans cette idée. De mon côté, peu m'importait la couleur de peau. Je ne me donnais aucune limite ni frontière à mes relations amoureuses. Ces dernières années, j'avais parcouru le monde entier tout en restant sur place avec mes précédentes conquêtes : Tunisie, Portugal, Égypte, Cuba, République dominicaine et même Ouzbékistan ! Les femmes brunes au teint mat me plaisaient particulièrement, mais c'était la première fois que je sortais avec une Africaine. En me décrivant, je l'avais fait rire.

Je me souvins alors que, parcourant la biographie du grand Léopold Sédar Senghor[2], son *Poème à mon frère blanc* m'avait interpellé :

> *Quand tu vas au soleil, tu es rouge,*
> *Quand tu as froid, tu es bleu*
> *Quand tu as peur, tu es vert*
> *[...]*
> *Alors, de nous deux,*
> *Qui est l'homme de couleur ?*

L'homme de couleur que j'étais fit donc rire aux éclats une Africaine en tapant sur le clavier la phrase suivante :
« Je suis tout blanc. »

Phrase lapidaire. Mensonge drôle s'il en est.

Au moment où je l'appelais au téléphone pour lui demander où elle se trouvait, elle m'avait déjà repéré. Elle me dit simplement : « Je suis là » et elle surgit à quelques mètres de moi. Sa beauté me stupéfia. Je la voyais se rapprocher aussi sûrement qu'une lionne sur sa proie. Le chasseur devint le chassé. On se fit la bise poliment et nous nous mîmes à marcher afin de trouver un lieu plus agréable qu'une station de tramway.

---

2 Ce poème a été attribué à Léopold Sédar Senghor (un des fondateurs du concept de négritude, député français, premier président du Sénégal, membre de l'Académie française) mais certains remettent en doute le fait qu'il en soit réellement l'auteur.

Après un moment d'indécision, je pris la direction de la patinoire, en quête d'un banc où nous pourrions nous asseoir et discuter un peu. L'un d'eux nous attendait. Certes, le cadre – une grande place bétonnée un dimanche à proximité d'un centre commercial déserté – n'élevait pas le romantisme à son paroxysme, mais il constitua le point de départ de notre histoire. Chaque couple en possède une. Notre ère commença donc ce 11 septembre 2015 sur un banc insignifiant, mais qui resterait à jamais gravé dans notre mémoire. Débuts balbutiants au possible.

Nous restâmes une bonne demi-heure à essayer de bredouiller quelques mots et à épier fébrilement les réactions de l'autre. Elle vivait chez sa sœur et devait rentrer avant 17 heures. Cela nous donnait largement le temps de mieux nous connaître, mais pas sur ce banc. Je me surpris de mon audace lorsque, m'entendant parler, je l'invitais chez moi ! Même si elle m'intimidait énormément avec ses cheveux coiffés en chignon et son air sévère, j'avais dépassé ma timidité, bousculé mes codes sociaux et familiaux.

Sentant sans doute une proposition sincère sans arrière-pensée de ma part – sinon elle se serait enfuie telle une antilope –, elle accepta. Une fois arrivés à la maison, une meilleure communication put s'établir, la confiance s'installa et la tension retomba progressivement. Fasciné, j'en oubliai même de lui donner à boire alors que la température élevée aurait dû m'alerter ! Elle ne m'en tint pas rigueur par la suite, anecdote cocasse une nouvelle fois rangée dans l'histoire familiale et qui ferait rire les éventuelles générations suivantes. Ma récompense prit la forme d'un sourire timide qu'elle m'adressa sur le chemin du retour au moment de la déposer à l'endroit initial. Comme une promesse d'avenir et de bonheur communs. Cette relation née deux heures auparavant pouvait prendre une grande ampleur et cette fille voulait du sérieux. Je savais que cette fois-ci, il ne s'agissait pas de blaguer !

La patience a ses vertus. La première citée m'avait permis de faire la différence avec mes concurrents, passés pour des harceleurs sans vergogne. Bien sûr, notre rencontre l'avait confortée dans l'idée que j'étais l'homme qu'elle recherchait. Sur le plan physique, mes yeux à la couleur indéfinissable l'avaient fait chavirer. Quant à moi, ses courbes chaloupées et ses grands yeux énigmatiques me laissaient admiratif. Son rire et sa joie de vivre m'amenèrent à penser qu'elle faisait plus que me plaire et que ce n'était pas seulement son physique qui m'attirait. Son accent conférait un goût d'exotisme incomparable. Je lui demandais souvent de répéter, car je ne comprenais pas certaines expressions. La plus basique d'entre elles engageait les débuts de journée :

— C'est comment ?[3]

Je redécouvris ainsi que la langue française n'est pas uniforme, mais navigue au gré du contexte géographique. Jane parlait bien français, cela m'avait rappelé le moment où j'avais entendu pour la première fois l'accent chantant de petits joueurs de foot méridionaux venus au tournoi de mon ancien club savoyard. Je n'avais compris que quelques mots épars au cours de discussions dans lesquelles chacun essayait de se faire comprendre. Jane aussi me faisait parfois répéter, se plaignant du débit rapide de mes paroles.

Ainsi, les premières semaines sont toujours consacrées à la découverte de l'autre. Si le bus la transportait

---

[3] Comment ça va ?

quotidiennement, je préférais aller directement la chercher trois à quatre fois par semaine dans un quartier dit « difficile ». Il est vrai que l'architecture des lieux ne donnait à personne l'envie d'y habiter. Le Village olympique construit à l'occasion des Jeux du même nom en 1968 comprenait mille trente-trois logements, huit tours et onze bâtiments de quatre niveaux, le tout avec un « cachet alpin »[4], une utilisation massive de bois pour la décoration extérieure et qui avait piteusement vieilli. Encore un héritage des années 1970, des architectes admirateurs de Le Corbusier[5] et qui auraient mieux fait de s'abstenir.

Le fait même de garer son véhicule là où de temps à autre des carcasses brûlaient dans la nuit provoquait des sueurs froides à n'importe quel être sensé. Quel que soit le temps, qu'il pleuve ou qu'il vente, je l'attendais sur le parking attenant à ce vaste ensemble d'immeubles. Au début, je ne connaissais même pas l'endroit exact où elle habitait. Quand je lui demandais si elle voulait que je monte la voir, elle me rétorquait que sa cousine n'aimait pas les visites impromptues. J'eus peur, l'espace d'un instant, qu'elle ne soit pas réellement célibataire, mais la sentant sincère, je percevais que d'autres considérations que je ne connaissais pas encore devaient entrer en jeu.

Il émanait ainsi de sa personne un mystère diffus. Ses yeux, ses airs timides et mélancoliques emportaient quiconque au-delà des mers et des océans.

---

4 Sources : Conservatoire Observatoire Laboratoire des Jeux olympiques de Grenoble, colijog.fr
5 Architecte franco-suisse, théoricien des logements collectifs. Ses concepts ont été appliqués après 1945 en France.

2

Départ

19 OCTOBRE 2014 – AÉROPORT DE YAOUNDÉ[6] – CAMEROUN.

Ça y est, j'y suis. C'est le grand jour ! Celui de mon départ. Ce matin, la pluie est tombée autant que les larmes de toute ma famille quand il a fallu partir. Adieu la terre rouge de mes ancêtres, les rives du fleuve Sanaga[7], ma ville d'Édea[8] et tous ceux que je connais. Je vous dis adieu car je ne sais pas quand je vous reverrai. Ma mère, ma sœur, je ne vous abandonne pas, au contraire, je pars pour mieux me battre pour vous ! Je veux quitter cette misère insupportable, pouvoir vous aider à vous soigner et à vous nourrir. Je veux aussi prouver à tous ceux qui

---

6 L'aéroport international de Yaoundé est situé à vingt-sept kilomètres au sud-ouest de la capitale camerounaise, plus précisément à Nsimalen. Il a été construit en 1991 pour remplacer l'ancien aéroport devenu trop petit et s'éloigner des infrastructures pétrolières. Il s'agit du principal aéroport avec celui de Douala. Tous les deux cumulent près du million de passagers (Sources : camer.be).

7 Le Sanaga, long de neuf cent dix-huit kilomètres, traverse tout le pays du nord-est au sud-ouest avant de se jeter dans le golfe de Guinée à cinquante-huit kilomètres au sud de la ville portuaire de Douala (à l'embouchure du fleuve Wouri).

8 Communauté urbaine de 130 000 habitants située sur le fleuve Sanaga entre Yaoundé et Douala.

sont restés que je peux devenir quelqu'un, pas seulement la fille qui vendait du sel sur le marché.

Tout mon être tremble à présent, des pieds jusqu'à la tête, mais je suis bien décidée à partir ! C'est la première fois que je quitte mon pays. J'ai vécu dans les principales villes du Cameroun, arpenté ses routes, exploré ses plages et quelques-unes de ses forêts. Jamais plus loin. Les moyens m'ont toujours manqué. Je ne sais pas si je reviendrai, alors autant lui dire adieu tout de suite.

Je tente ma chance comme tant d'autres l'ont fait avant moi et le feront après.

J'ai toujours marché la tête haute. Quelle que soit la situation, mes larmes ne doivent pas couler, je me dois d'être forte, impossible, c'est dans mon intérêt. Je serre les poings.

Prendre l'avion. Direction la Turquie. Pour un court séjour je l'espère, juste une étape, car c'est l'Europe que je veux atteindre et rien d'autre. Par tous les moyens. La France ou l'Angleterre, je ne sais pas encore où j'irai, mais loin d'ici, c'est sûr ! Bien sûr, ma préférence va à la France. D'ailleurs, j'ai juré à beaucoup de gens qui me connaissent que j'irais danser sur la tour Eiffel. Je m'imagine déjà, faire des petits pas et chanter au-dessus des nuages.

Pour cela, j'ai tout planifié depuis des mois, tout sacrifié.

Croyez-moi, ça n'a pas été facile ! Il paraît que les touristes occidentaux peuvent se rendre facilement dans n'importe quel pays du monde. Il suffit qu'ils le demandent et versent éventuellement une petite somme d'argent pour obtenir leur visa. Somme certainement moins importante que celle que j'ai versée à mon passeur, Émile, mon compatriote, presque un frère. Enfin, je le croyais jusqu'à il y a peu. Le visa légal, je l'ai demandé plusieurs fois à l'ambassade de France, sans succès… À moins d'être mariée à un Français, c'est très difficile d'en obtenir un.

Pour avoir ce sésame tout ce qu'il y a de plus authentique, je me suis adressée à une personne très bien placée, je lui ai remis mon passeport et il s'est chargé du reste. Je n'ai même pas eu besoin d'aller à l'ambassade. Il fallait « juste » le payer. Ça m'a coûté 1,5 million de francs CFA[9]. Quand je dis « juste », je ne sais pas si vous vous en rendez compte, mais chez nous c'est beaucoup d'argent et il m'a fallu du temps pour le réunir.

Émile m'a dit que moyennant cette somme, il me donnerait le visa et qu'il allait me faire voyager en Europe. Mon rêve ! Je me suis endettée auprès de beaucoup d'amis et de connaissances. C'est comme ça qu'au bout de quatre ans d'économie, je suis fin prête. Oui, ça ne m'a pas pris quelques jours ou semaines, mais des années pour tenter à mon tour ma chance !

Un premier problème est survenu la veille de la remise de mon visa. Émile m'a fait comprendre que je devais me charger de l'achat du billet. Ce n'est pas ce qui était convenu. J'étais paniquée. Il fallait encore emprunter de l'argent dans l'urgence !

Il a fini par me donner ce fameux visa pour la Turquie. Il s'agissait de partir avec une délégation d'une équipe féminine nationale qui devait disputer une compétition de basket-ball. Le plus drôle ou le plus tragique dans cette histoire, je vais le savoir d'ici quelques minutes, c'est que je n'ai pas pu m'envoler avant la fin de la compétition parce que je n'ai pas pu réunir à temps la somme

---

9 La somme de 1,5 million de francs CFA correspond à environ 2 286 euros.

nécessaire pour m'acheter le billet... moi, basketteuse, la dernière fois que j'ai fait du sport, c'est au lycée. Et encore, je n'y ai pas mis souvent les pieds, je faisais plutôt l'école buissonnière dans les rues poussiéreuses de la ville. J'allais traîner avec les copines ou rencontrer un futur petit ami. Je le regrette à présent.

Hier encore, Émile a essayé de me rouler dans la farine ! Il m'a donné un papier attestant la réservation de l'hôtel, mais avec comme mention « À payer sur place ». Je lui ai montré mon agacement ! Il s'est excusé et m'a assuré me mettre en contact avec un « ami », un compatriote vivant en Turquie. « Quand tu vas arriver, il va te recevoir », m'a-t-il dit sur un ton rassurant. Il m'a donné son numéro de téléphone. Je n'ai aucune garantie qu'il soit là, excepté la parole de celui que je tenais en trop haute estime.

Pourvu que ce soit vrai, pourvu qu'il y ait quelqu'un lorsque je vais atterrir en Turquie !

Tout d'abord, je ne sais pas encore si je vais pouvoir partir. Les contrôleurs ne me lâchent pas d'une semelle. Le premier d'entre eux – un balaise avec des épaules aussi larges qu'une porte – tente de me faire craquer. Il n'est pas dupe.

— Mais toi, tu fais dans quel sport, au juste ?

J'hésite avant de lui répondre. Au lieu d'être sûre de moi, je remue la bouche en même temps que mon cerveau ne cesse de me marteler que ça sonne faux.

— Je fais du basket.

Il me regarde :

— T'es sérieuse, là ?

Il marmonne quelque chose avant de partir avec mon passeport. Ils peuvent bien le regarder, l'ausculter autant qu'ils le veulent, il s'agit d'un visa tout ce qu'il y a de plus vrai ! C'est plus fort que moi, je suis morte de peur. Je prie intérieurement avec plusieurs *Notre Père* et *Je vous salue Marie*. Pourvu qu'ils me laissent passer ! Je me répète pendant d'interminables minutes en pensant à toutes les hypothèses possibles. Je me vois, menottes aux poings, emmenée au commissariat le plus proche, puis emmurée pendant de longs mois. Les idées noires affluent, je me retrouve sans argent, errant dans les quartiers les plus malfamés de la ville, sans oser donner des nouvelles à celles et ceux qui me connaissent et m'ont fait confiance en me prêtant leur argent.

Je dois encore faire des vaccins sur place, en toute hâte, j'en ai oublié un ou deux. Je suis prête à endurer toutes les souffrances du monde pour partir, à subir toutes les piqûres avec mes fameuses veines que les infirmières ne trouvent pas. La douleur qui m'est infligée ne fait que renforcer ma détermination. Je ne sais pas si c'est Bruce Lee qui a fait cette citation, mais c'est l'état d'esprit dans lequel je me trouve ce matin. S'il faut sauter d'une falaise, je le fais sans hésitation.

Lors du dernier contrôle, un autre agent me demande où je vais. Je lui réponds :

— En Turquie, ça ne se voit pas ?
— C'est la première fois que tu y vas ?
— Oui.
— Tu y vas pour le sport ?
— Oui.
— Tu ne ressembles pas à une sportive, toi !
— C'est écrit sur le visa, je suis sportive.

Après la fouille, il veut avoir le dernier mot :

— Tu as un très joli sourire, tu vas partir, mais on connaît les personnes dans ton genre, tu dis que tu vas en

Turquie, mais on va te retrouver en France d'ici quelque temps !

Je me dis intérieurement qu'il a compris quelle est ma destination. Ça y est, j'ai enfin passé tous les contrôles, c'est sûr, je sais que je vais partir !

Des hommes d'affaires passent devant moi, on sent qu'ils ont l'habitude d'errer dans ces couloirs et ces allées. Pas moi. Je suis perdue au milieu de toute cette foule, je reste assise et regarde dans le vide en attendant l'avion. J'observe les gens, j'essaie de deviner les raisons du départ de chacun. Les aiguilles de ma montre bougent bien trop lentement. Le temps semble à présent suspendu. Je ne prête même plus attention aux bruits que les roulettes des valises produisent, des pas incessants des voyageurs ou encore des portes automatiques. Je ne dois pas être la seule à m'exiler.

Une fille, la vingtaine, assise à côté de moi entame la conversation. Elle me demande si c'est la première fois que je me rends en Turquie. Je hoche la tête positivement de haut en bas en guise de réponse. Ma première compagne de galère.

Cela me rassure à peine, j'angoisse tellement.

« Les passagers en partance pour l'aéroport d'Istanbul doivent se présenter à la porte 5. »

Le départ est annoncé ! Je me redresse immédiatement et avec moi, tous ceux qui vont prendre le même vol.

Allez, courage ! Je vais réussir. En même temps que l'avion, il faut que je prenne mon envol pour les miens. Mon défunt père est là lui aussi. Je le vois tout près de moi sans uniforme, mais avec sa force qui le caractérisait et faisait de lui un lion dans la savane. Il veille sur moi et me sourit tendrement. Il me manque tant.

Ne rien montrer. Je suis une passagère comme les autres, je dois me fondre dans la masse, appartenir au flot continu des citoyens libres de ce monde. Je fais attention à ne pas aller plus vite que les autres passagers, je suis le mouvement. Pourquoi serais-je différente des autres voyageurs ? Je me mets dans la peau de la basketteuse qui s'apprête à disputer une compétition internationale et qui a l'habitude de voyager. Pourquoi pas aussi une membre du staff ? Je n'ai pas la carrure d'une athlète, mes fesses sont trop visibles. Bon, il faut que je prenne de l'assurance. Ça va passer...

Une fois dans l'avion, je me sens mal, j'ai si peur ! Je ne peux pas avaler la nourriture que *Turkish Airlines* nous sert. J'essaie pourtant, mais ça ne passe pas. Un nœud au ventre ne cesse de me tourmenter depuis des heures. Je suis terrorisée à l'idée de partir de mon pays. Le fait que c'est aussi mon baptême de l'air n'arrange rien. Si sur le trajet de l'aéroport, j'avais encore été capable de retenir mes larmes devant ma famille, là, c'en est trop. Je m'effondre sur mon siège. Seule face à mon destin et pour la première fois de ma vie, je me dois d'y faire face.

Pendant le vol, je me retrouve assise devant la compatriote avec laquelle j'ai sympathisé avant de partir. Je l'imagine aussi tendue que moi, angoissée, incertaine quant à l'aventure hasardeuse que nous sommes en train d'entreprendre.

À côté de moi se trouve un Congolais habillé en prêtre qui se rend lui aussi pour la première fois en Turquie. Celui-là, il en a de l'imagination ! J'aurais dû enfiler un habit de bonne sœur. On aurait fait la paire lui et moi. Et puis, ça aurait été plus crédible devant les contrôleurs que de prétendre que je suis une grande sportive.

À la sortie, tels des rameurs de galères romaines, nous nous entraidons tous les trois pour trouver notre chemin et en premier lieu nos bagages. Première solidarité migratoire.

Il faut bien ça tellement nous débarquons au sens premier du terme. Le premier problème que l'on a et pas des moindres concerne la langue. Les Turcs présents ne comprennent pas un mot d'anglais ni de français, on n'arrive pas à communiquer avec eux. Je trouve ça particulièrement étrange et incongru dans un tel lieu d'échanges aériens. Et là, coup de chance, on croise un Africain. En anglais, il nous indique la bonne direction.

Une fois les valises retrouvées, on se rend vers la sortie. J'ai peur que la personne censée me récupérer soit déjà partie – nous avons perdu beaucoup de temps –; cela fait en effet trois quarts d'heure que l'on a atterri.

Je lui ai décrit la façon dont je serais habillée et en sortant, à mon grand soulagement, il n'a pas de mal à me reconnaître. Il s'appelle Paul. La compatriote avec laquelle j'ai voyagé a également trouvé son hôte. Seul le « prêtre » reste isolé. Pour peu de temps, car – ayant très tôt une vocation de samaritaine – je le mets en relation avec Paul. L'un de ses amis s'en occupe.

À peine sortie de l'aéroport, il me pose une question à laquelle je ne m'attends pas.

— Est-ce que tu as de l'argent pour acheter un ticket de transport ?

Sans doute, je n'ai pas la réaction qu'il attend. Au lieu d'acquiescer et de commencer à me plier à ces quatre volontés, je m'étonne que ça ne se passe pas comme au pays ; là-bas, tu attends au bord de la route qu'un taxi t'embarque…

Ça ne le fait pas du tout rire ! Il me dit qu'en Turquie il faut prendre le bus et pour cela ACHETER un ticket avant d'embarquer. Il rajoute :

— Tu vas habiter chez une amie à moi, mais je ne peux pas t'emmener comme ça, il faut que tu me donnes quelque chose pour participer au loyer, une contribution financière…

Là, je tombe des nues ! J'ai déjà payé le loyer du logement à Émile, le passeur du Cameroun… 300 000 francs CFA pour la *prétendue réservation de l'hôtel* ! Je me suis dit qu'il s'était arrangé avec la personne qui se trouvait devant moi. Je ne comprends pas, la colère s'insinue dans tous les pores de ma peau. Mon regard doit parler pour moi, car il me réclame 70 euros avec insistance.

Émile l'escroc ! Qu'il prie pour que je ne le recroise pas de sitôt ! Quand je repense à ce que j'ai donné avant mon départ, aux sacrifices que j'ai dû faire pour réunir de telles sommes… Je n'ai pas le choix, une fois de plus. Je suis bien obligé de lui lâcher ce qu'il réclame.

Paul m'emmène ensuite chez une fille très gentille du nom d'Alicia, elle aussi, camerounaise.

Je ne vais vivre ici que le temps de me retourner. Je ne veux pas y rester étant donné l'accueil que j'ai reçu tout à l'heure. Pour faire bonne impression à mes trois colocataires, je suis arrivée avec quelques petites provisions. Ils les ont mangées devant moi sans à aucun moment m'en proposer ne serait-ce qu'une miette. J'en reste choquée. Où suis-je tombée ? Ce sont pourtant bien mes compatriotes !

J'ai l'impression que si dans les jours qui viennent je me ramène avec de l'argent, ils vont vite me le prendre ! Il va falloir que je sois tout le temps sur mes gardes. Mes yeux veulent se fermer, mais mon esprit est tourmenté.

Je me recroqueville dans le lit, tel le fœtus dans le ventre de sa mère. Mais c'est mon père qui apparaît, debout devant moi. Cette fois, il est en tenue militaire avec son treillis, son béret et ses nombreuses décorations.

— T'attendais-tu à ce que ce soit facile, jeune fille ?

Sa voix grave résonne dans la petite pièce. Il disparaît aussi subitement qu'il est apparu. Je suis toute seule dans ma chambre à présent et je pleure, je pense à la famille. J'ai fait le serment d'y arriver, mais serai-je suffisamment forte ? Le nœud au ventre de tout à l'heure resurgit, il faut que je ferme les yeux et que je respire, ça ira sûrement mieux demain…

3

Fragile

Au bout de trois semaines de relation avec Jane, je pus enfin pénétrer dans son antre familial. Sa cousine Angèle m'attendait avec ses deux filles. Elles étaient curieuses de savoir à quoi ressemblait le Blanc qui avait conquis cette indomptable lionne. Sa morsure à la jambe, trace d'une féroce bagarre dans le passé, renforçait son caractère animal contrastant avec la douceur dont elle faisait preuve avec moi. Douala, Yaoundé, où avait-elle vécu au juste ? J'aurais bien été incapable de citer d'autres villes du Cameroun.

Cette nouvelle relation donnait à ma vie un goût d'exotisme et de mystère comme je n'en avais jamais connu.

Les sentiments entre nous grandissaient et je ressentais le besoin de la voir le plus souvent possible. Notre relation, fluide comme l'eau d'un ruisseau, s'écoulait en un doux rêve. Je faisais ainsi le pied de grue de plus en plus souvent devant chez elle, attendant parfois de longues minutes dans mon véhicule ou au-dehors si je venais à m'ennuyer. J'apercevais à quelques mètres de là des dealers qui se pavanaient, princes autodéclarés de ces zones de non-droit. L'un d'eux, intrigué par ma présence, vint un jour me voir, me hélant au préalable sans que je sache s'il s'adressait véritablement à moi.

— T'es qui, toi ?
— J'attends ma copine.

— T'es un keuf ?

Son ton agressif me fit esquisser un sourire nerveux.

J'aurais pu lui répliquer :

— Oui, bien sûr et je suis là pour t'arrêter tes copains et toi !

Je fus en fait si surpris que je fis la réponse la plus évidente du monde :

— Non, pas du tout.

— Et c'est laquelle ta copine ?

— Une Africaine, assez grande.

Le caïd voyait bien de qui je voulais parler.

— T'es pas un peu vieux pour elle ?

Je restais circonspect par sa réflexion. Comme ses collègues professionnels du mur, il n'avait sans doute pas passé réellement beaucoup d'heures en classe ou alors son esprit étroit ne concevait pas la différence d'âge, ou la différence tout court. À moins que ma douce lionne parût pour plus juvénile qu'elle ne l'était en réalité, hypothèse qu'il ne fallait pas écarter. Il n'empêche que je commençais à être agacé de toutes ses questions et il finit par abandonner la partie. Ses copains prirent des petits airs moqueurs, mais au final, j'avais bien répondu à leur interrogatoire.

Dans les jours qui suivirent, je devins presque un habitant du quartier comme les autres ; à ce titre, mon véhicule et moi-même étions protégés. Il suffisait de faire comme tous les gouvernements depuis trente ans, se boucher les yeux. L'économie souterraine n'existait pas et nous vivions tous dans le meilleur des mondes.

De son côté, Jane n'avait absolument pas peur d'eux. Sa cousine connaissait chaque habitant du quartier, dont les familles des quatre dealers qui géraient leur business juste à côté du parking. C'était donc dans leur intérêt de ne pas trop embêter la famille camerounaise.

La petite scène qui s'était jouée ce soir-là entre eux et moi l'avait fait bien rire et notre complicité mûrissait petit à petit.

Le week-end suivant fut plus difficile. J'avais quitté ma princesse à regret, la laissant deux jours toute seule pour aller rendre visite à mes parents. J'en profitai pour leur annoncer que j'avais une nouvelle petite amie. Ils n'eurent pas trop de réactions, car j'avais passé les deux dernières années à les collectionner, mais cette fois-ci, je sentais au fond de moi que c'était différent. J'avais hâte de la retrouver. À peine arrivé, je ne pensais qu'à elle. Je ressentais son absence et la penser loin de moi me donnait le vague à l'âme. Je l'imaginais à mes côtés, je tentais de recomposer le parfum qu'elle portait dans mes narines. Les heures défilaient lentement alors que le nombre de textos échangés entre nous augmentait considérablement. « Tu as bien mangé », « Je pense à toi », « Tu me manques »… Des banalités, certes, mais des mots indispensables dans une relation de couple.

Lorsque je la récupérai le dimanche en fin d'après-midi afin de passer quelques heures ensemble avant la reprise du travail, le goût de ses lèvres eut un fort accent alcoolisé. Son attitude à la fois enjouée et chancelante montrait quoi ?!

Bon sang, elle était ivre !

Je comptais bien connaître les raisons qui l'avaient poussée à boire.

— Avec ma cousine et son ami, on a un peu bu…
— Un peu ?!
— Du whisky…
— Eh bien…

J'affichais la mine déconfite de celui qui n'aimait pas que sa copine se soit saoulée sans lui. Arrivée chez moi, elle ne se sentit pas très bien, à tel point qu'au bout d'une heure – et voyant mon agacement – elle me demanda de la ramener. C'était notre première fâcherie. On ne pouvait même pas parler de dispute, parce qu'il n'y en avait pas eu. Je dois l'admettre, j'étais contrarié, mais ce n'était pas pour autant la fin du monde.

Le lendemain même, elle s'excusa de son attitude. À l'autre bout du fil, elle semblait triste et je ne savais pas pourquoi. Bien sûr, elle était pardonnée et je ne fus pas très original en lui disant que ce n'était pas grave. J'espérai simplement que ça ne se reproduise plus. Elle me le promit.

Je la savais loin de sa famille, aussi je ne lui en tenais pas rigueur outre mesure.

4

Aksaray

Pour la première nuit, Alicia me prête sa chambre. Au réveil, après tout de même m'avoir demandé si j'ai bien dormi, elle me réclame de l'argent pour l'hébergement...

Je montre ma circonspection. Je lui dis alors que Paul a encaissé 70 euros pour que je puisse dormir deux nuits chez elle. Furieuse, elle l'appelle, car rien ne lui a été remis.

En me voyant blanchir puis pleurer, elle tente de me réconforter.

Paul arrive le soir, Alicia et lui s'expliquent. Je les entends depuis ma chambre. Il lui affirme qu'il n'a plus l'argent. Je comprends que je ne suis pas au bout de mes peines. Mes larmes ne cessent de couler.

Une fois leur conversation terminée, Paul vient me trouver. Il essaie de m'amadouer :

— Tu sais, tu es ma petite, je vais t'aider.

Je cherche le moyen d'avoir quelques liras[10]. Comme j'ai encore mon billet d'avion retour valable, il me fait comprendre que je peux le revendre. Quelques heures plus tard, Paul revient me donner 100 liras. Ce n'est pas énorme, mais ça me permet au moins d'acheter une puce

---

10 Livre turque. Le taux de change est d'un peu moins de 4 TRY pour 1 euro.

pour mon téléphone et d'entrer en contact avec ma famille. Ils doivent être morts d'inquiétude.

Que de cris de joie entre ma mère, ma sœur et moi ! Bien sûr, je ne suis pas encore en Europe, mais j'ai réussi la première étape. Au bout du fil, je ne laisse rien paraître. Ce n'est pas la peine de les inquiéter avec mes peurs et mes angoisses. Je fais comme si tout va bien.

Trois jours passent, Alicia et moi avons appris à nous connaître. Nous sommes presque devenues amies. Celui qui semble être son petit ami m'a trouvé un job de coiffeuse dans le quartier le plus populaire de la ville, Aksaray[11].

Une connaissance de Paul possède un restaurant et a aménagé un espace pour créer un salon de coiffure. Je demande donc à Alicia de m'accompagner pour la rencontrer. Nous traversons une bonne partie de la ville pour y arriver.

J'ouvre grand les yeux pour découvrir mon nouvel environnement. Le quartier d'Aksaray recèle de multiples échoppes, où les vendeurs – sauf par temps pluvieux – se tiennent à même la rue pour attraper le passant. Cela ressemble beaucoup aux marchés de Yaoundé, même si au pays, il n'y a pas forcément des boutiques derrière ces étals. Pendant que nous marchons, Alicia me parle de ce qu'elle connaît de la ville. Ici aussi, comme chez nous, tout se vend, les aliments, les objets de toutes sortes, les vêtements. Pour ces derniers, on en trouve partout et à tous les prix. La majeure partie des habitants vivent un

---

11 Quartier se trouvant dans le cœur de la vieille ville stambouliote, dépendant de la mairie de Fatih. À l'époque du récit, les boutiques n'hésitaient pas à vendre cyniquement des gilets de sauvetage (d'après Helin Karaman et son article intitulé « Excursion autour des migrations », disponible sur le site internet https://oui.hypotheses.org/3887).

peu à l'écart des rues piétonnes dans des barres hideuses. Eh oui, ce n'est tout de même pas l'Europe, sinon, on ne prendrait pas le risque de traverser la mer, on resterait ici.

— Certains d'entre nous ont fait ce choix et d'ailleurs, beaucoup vivent à Aksaray, ajoute Alicia.

Elle veut partir elle aussi, mais sans toutefois m'en dire plus. Je n'insiste pas. Je suis trop stressée en pensant à mon futur travail.

Une fois sur place, la patronne se présente. Gertrude veut bien me prendre deux semaines à l'essai à condition que je travaille comme serveuse dans son restaurant. En contrepartie, elle m'héberge chez elle.

Forcément, j'accepte ; sans un sou et nulle part où aller, je n'ai clairement pas le choix !

J'apprends tous les jours à mes dépens que la vie de travailleuse étrangère en Turquie est loin d'être facile ! Si la journée ne commence qu'à 9 heures du matin, elle finit souvent tard la nuit, parfois à l'aube, pas à cause de la coiffure, mais en tant que serveuse du restaurant. Je n'ai pas le droit au repos ni la possibilité de sortir en semaine. Tout juste si j'ai une journée de libre.

Lorsque Gertrude m'a rencontrée, elle n'a pas vu en moi seulement une coiffeuse, mais elle a remarqué mon physique et elle veut exploiter mes charmes afin d'attirer les clients. Elle a appelé tous les hommes qu'elle connaissait en disant qu'elle avait dégotté la plus belle serveuse de tout Istanbul. Une perle qui brille au milieu de son établissement.

Comme par magie, maintenant, son café ne désemplit pas ! C'est tout bénéfice pour elle, car en tant que serveuse je ne suis pas payée ! J'ai juste quelques pourboires. Pour le reste, le service « coiffure » du restaurant étant nouveau, les clientes se font rares et c'est ainsi que je n'ai que quelques sous en poche, à peine de quoi survivre.

Cette vie d'esclave dure depuis deux semaines. Je vis un paradoxe, me sentant à la fois comme un objet, une marchandise et en même temps, je suis la star du quartier, courtisée par de nombreux hommes. Les conseils de Gertrude sur l'attitude que je dois afficher avec eux sont contradictoires. Parfois, elle pointe du doigt un de ses clients en disant qu'il a des moyens. Elle m'assure que c'est comme ça que je pourrai m'en sortir. À d'autres moments, elle me conseille de ne pas devenir la propriété de l'un d'eux sinon la clientèle ne viendra plus dans son commerce ! Elle pense avant tout à ses clients et à son business. Je me fais exploiter, voilà la triste vérité.

Beaucoup des hommes – car les femmes sont sans doute aux fourneaux – qui fréquentent son café ne travaillent pas et vivent de ce qu'ils appellent le « fé ». Il s'agit de divers actes d'escroquerie qu'ils font subir aux touristes ou aux Turcs un peu plus aisés.

Je sens que le vent tourne du mauvais côté, je ne sais pas si je vais pouvoir garder ce job encore longtemps. L'ambiance entre la patronne et moi se détériore. Gertrude trouve que je m'entends trop bien avec son mari. Ce n'est pas ma faute ! Il m'a prise en amitié et me donne souvent des conseils, par exemple quant à ma façon de marcher ou de me comporter avec les clients. Une chose est sûre, aucune ambiguïté de mon côté. Gertrude lui fait souvent des scènes de jalousie. Je ne sais pas combien de temps ça va durer, mais un jour ça va exploser, c'est certain…

Et là comment je vais faire si je me retrouve à la rue ? Je ne sais pas comment réagir et d'ailleurs existe-t-il réellement une solution ? Je n'ai pas le choix, je dois continuer à trimer pour quelques liras, économiser pour m'extirper du bourbier dans lequel je me suis mise.

C'est plus fort que moi, en arrivant dans ma chambre, je pleure. Je sais bien que je ne devrais pas, mais ça me permet d'évacuer un peu le stress et peut-être de pouvoir trouver le sommeil.

Et encore, dans mon malheur, je me sens chanceuse, étant donné que, contrairement à beaucoup de mes infortunées camarades, je ne suis pas contrainte de me prostituer. C'est déjà ça ! Certes, ma nouvelle vie ne me plaît pas tellement, mais ce n'est qu'une étape qui me mènera à l'Eldorado. Et puis, ce n'est pas si difficile. Je dois aguicher les clients, leur faire de beaux sourires et bien tourner les fesses lorsqu'après leur avoir servi un café, je repars avec mon plateau.

5

Balade automnale

« Heureux qui comme Ulysse a fait un beau voyage. »[12] Mythe des temps antiques, le héros grec s'était transformé en belle jeune femme africaine. Je prenais goût à ses récits, mais ces derniers se faisaient tellement rares. Elle gardait en elle bien des secrets. Le miracle survenait parfois le week-end. Aussi, je tentais d'en apprendre davantage en lui posant des questions en rapport avec son périple. Je faisais attention à ne pas me transformer en inquisiteur ou lieutenant de police. Cette fois-là, elle esquiva mes premières questions alors que l'on se rendait à Chamrousse pour une balade du dimanche. De longs lacets menaient à la station de ski.

La montagne pouvait impressionner quand on ne la connaissait pas. Inamovible, elle grossissait à mesure que l'on s'approchait. Vue de loin, elle faisait décor de carte postale, puis on commençait à monter ses flancs et l'on voyait partout des arbres, bien plus nombreux – en fin de compte – que les êtres humains. La discussion commença de manière banale, beaucoup de choses pour elle étaient nouvelles. Certaines pratiques, qui pour nous étaient courantes, ne l'étaient pas forcément ailleurs.

— Il y en a qui montent à vélo ?!

---

12   Poème de Joachim du Bellay (XVIe siècle) inspiré du mythe d'Ulysse

J'acquiesçais de la tête. Il y avait des êtres assez fous pour grimper les pentes abruptes de Belledonne. J'en avais fait partie autrefois, dans mon autre vie, celle dont j'avais définitivement tourné la page. On ne s'élevait pas que pour l'effort physique, la dimension mentale comptait elle aussi. On perdait des litres de sueur pour parvenir au sommet d'un col, conquérir une part de gloire dans la souffrance. Je l'ai fait, pouvait-on s'enorgueillir. Une lutte contre soi en même temps qu'une satisfaction incomparable. Celui qui avait vaincu pouvait redescendre dans la vallée tel le vainqueur d'Alésia avec comme char son vélo et comme lauriers son casque.

Ce jour-là, l'automne avait jauni les feuilles, mais n'avait pas encore refroidi complètement les âmes. Loin des contemplations paysagères et des exploits de la petite reine, notre discussion bifurqua soudain sur une triste actualité. Je ne sais plus comment on y parvint, mais il est sûr que j'étais désormais davantage en alerte sur la situation des migrants dans le monde.

— Au fait, hier j'ai vu un reportage où en Afrique du Nord certains se font maltraiter ou violer![13]

Le regard de Jane se perdait au loin. En quelques dixièmes de seconde, son esprit avait franchi des milliers de kilomètres.

— Oui, ça ne m'étonne pas. J'ai été épargné de ce côté-là, je n'ai pas mis les pieds en Afrique du Nord. La Turquie m'a suffi. Là-bas, j'ai côtoyé des filles qui ont été obligées de se prostituer pour pouvoir survivre.

---

13 Un rapport de l'Organisation internationale des migrations (OIM) publié en avril 2017 relatait qu'un nombre croissant de migrants transitant par la Libye étaient vendus sur des marchés aux esclaves. Certains mêmes se faisaient duper dès leur départ par des passeurs véreux qui jouaient les esclavagistes modernes.

Certaines se sont fait violer. Que ce soit en Turquie ou ailleurs, nous subissions des agressions aussi bien physiques que mentales, des injures, des crachats ! Parfois, certains te palpent la peau comme si, pour eux, c'était la première fois qu'ils voyaient une personne noire. J'ai rencontré des gens qui disaient que le Noir sent le bouc et d'autres que le Blanc sent le poisson frais. Les préjugés et la bêtise sont universels. Chacun a en fait son odeur corporelle qui lui est propre. On ne naît pas en sentant du Dior ! Pour ce genre de voyage, il faut se préparer à tout endurer et à avoir un moral d'acier, car on ne sait jamais ce qui peut nous tomber dessus et sur qui on va tomber. En Turquie, je me suis fait exploiter, je te raconterai un jour.

À ma grande frustration, elle n'ajouta rien. Il ne fallait pas la brusquer. Tout viendrait au fur et à mesure. Je la regardai avec admiration, elle avait dû traverser bien des épreuves et, malgré tout, elle prêchait la tolérance envers les autres. Aurais-je eu la même réaction si j'avais vécu un tant soit peu la même expérience ?

Sa mentalité et l'entente que nous avions me faisaient penser intérieurement que nous étions faits pour parcourir un bon bout de chemin ensemble…

6

Zombies

On se fait toujours attraper bêtement. Et là, je me sens particulièrement mal au milieu de ces gens, les voisins d'Alicia. Ils viennent d'appeler la police et nous empêchent de redescendre l'escalier qui mène dans la rue. Mais pourquoi font-ils ça, pourquoi s'en prennent-ils à nous ? Pensent-ils réellement que je suis une criminelle ?!

Tout ça pour une valise que je devais récupérer. Alicia a eu le malheur de se faire arrêter à l'aéroport et ça, je ne le savais pas, sinon je n'aurais pas traîné dans les parages ! Elle a voulu prendre l'avion pour la Belgique avec les papiers d'une autre... Mauvaise idée. Je devais retrouver une connaissance d'Alicia qui habitait le même appartement. Ce Georges s'était absenté trois jours durant. On a monté l'escalier, la clé était censée se trouver dans une cache. Pas de clé ! Nulle part. C'est là que les voisins ont commencé à nous encercler.

Et pourtant on essaie de discuter avec eux, mais il n'y a rien à faire ! On dirait des zombies qui veulent nous dévorer. En plus, je ne comprends rien du tout. Ils semblent tellement énervés.

— Laissez-moi sortir !

Ils n'entendent rien de ce que je leur dis. C'est le colocataire qui me traduit vaguement leurs propos. Il paraît que la police a débarqué ce matin pour arrêter l'un des habitants du logement qui faisait de la contrebande de billets. La police leur a donné comme consigne de les avertir aussitôt si quelqu'un entrait dans l'appartement et de l'empêcher de sortir… C'est exactement ce qu'ils font et moi je n'y suis absolument pour rien. Bon sang, le jour où mon visa expire, ce n'est pas possible ! Quelle déveine ! J'étais autorisée à rester en Turquie le temps d'une compétition. Là, il est évident qu'ils vont voir que je ne suis pas en règle.

Une fois les policiers sur place, ils nous fouillent sans résultat. Pas de papier. Ils nous emmènent dans un petit commissariat. Ils se mettent à me poser plein de questions. Le problème, c'est que je ne connais que quelques mots turcs. Georges essaie bien de me traduire le peu qu'il comprend. Pour résumer, les policiers veulent savoir si on est complices avec un faussaire de monnaie. Je leur répète que je ne le connais pas, mais ils ne me croient pas. Au bout d'un certain temps, c'est le suspect lui-même qui affirme aux policiers qu'on n'y est pour rien. Ils finissent par le croire et veulent bien nous laisser partir.

À l'extérieur, il pleut énormément et j'ai froid. Je veux rester encore un peu, le temps que se termine la pluie. Mon compagnon d'infortune ne veut pas me laisser toute seule assise sur ce banc. Une dame bien habillée arrive à cet instant, sans doute la commissaire. Elle demande ce qu'on fait là. Ils lui expliquent. On l'entend crier.

— Mais où sont leur passeport, leur carte d'identité ?! Et vous allez les laisser partir ?!

Nous nous retrouvons dans son bureau à devoir présenter nos pièces d'identité. On ne les a pas sur nous. Ils nous avertissent que si on ne les leur présente pas, on ne sortira pas d'ici ! Alors là, c'en est trop, je craque et fonds en larmes. Ça ne sert à rien de ressasser, mais je me maudis d'avoir voulu rester à l'abri. C'est trop bête ! La pluie, ce n'est rien comparé au fait de se retrouver enfermée toute seule dans une cellule au sous-sol d'un commissariat...

Je n'ai jamais connu l'enfermement. Cette nuit, je ne dors pas, je demande à qui veut l'entendre pourquoi on m'a jetée là, ce que l'on me reproche au juste. Je tape contre la porte de toutes mes forces.

Ils me répondent « Passeport, passeport » !

Entre deux sanglots, j'ai encore un espoir, je me dis que ça va durer le temps de la nuit et qu'à l'aube ils vont me libérer.

Ce matin, mes larmes ont eu le temps de sécher et je ne me suis même pas lavée ! J'ai droit à deux beignets et une petite bouteille d'eau. On m'annonce que je n'aurai rien d'autre de la journée. Service spécial prison turque.

La cellule des hommes jouxte la mienne et je peux communiquer avec eux. Je me sens moins seule et le temps passe un peu plus vite.

Ils nous font ensuite monter dans une salle pour m'interroger. Je ne comprends rien à ce qu'ils me demandent. L'après-midi, ils nous emmènent à l'hôpital pour pratiquer des examens.

Le plus dur dans tout ça, c'est d'être menottée comme une vulgaire criminelle ! Les menottes et ma différence de couleur ne me font pas passer inaperçue. Tout le monde a les yeux sur moi, les patients comme le personnel soignant.

Des surveillantes me palpent tout le corps. Je me sens souillée.

Une fois les prises de sang effectuées, on nous ramène dans nos cellules.

Quatrième jour de prison. Quatrième jour en enfer.

Ici, il n'y a rien, un lit en parpaing, pas de matelas et mes yeux pour pleurer. J'obtiens enfin une deuxième couverture après avoir supplié les surveillants. Il fait tellement froid !

Les policiers nous passent le peu de nourriture par un trou au bas de la porte. Pour aller aux toilettes, il faut cogner et appeler.

Les résultats de l'hôpital sont arrivés. C'est officiel, je n'ai rien. Je l'ai su ce matin. Pas de maladie, je suis en pleine santé. *Merveilleuse* nouvelle, je suis donc apte à aller en prison, celle qui est réservée spécialement aux migrants. Ici, on l'appelle « Yabandi »…

7

Yabandi

Au Cameroun, je n'ai jamais connu la prison. Je n'étais pas une citoyenne modèle – certes –, mais je n'ai jamais commis d'infraction. Je menais une vie honnête, tranquille. J'avais simplement, en plus de mes soucis d'argent, des problèmes relationnels graves avec la femme de mon père. Et moi, la fille d'un militaire gradé qui a été intègre toute sa vie, je me retrouve ici dans cette drôle de cage. Je ne souhaite ça à personne, même pas à mon pire ennemi !

Il faut que j'attende dans un couloir de la prison. Une heure passe. On me fait entrer dans une « salle d'enregistrement ». Je donne mon nom, ma date d'arrivée dans le pays et comment je suis parvenue jusqu'ici. Je n'ai pas mon passeport sur moi. De toute façon, il ne me sert à rien vu que j'ai dépassé les dates de validité du visa ! Je décide de donner un faux nom, Laury Maria. Il me vient comme ça, sans réfléchir. Pourquoi pas, il passe bien. Le policier en face de moi regarde dans sa base de données. Au début, il ne trouve rien. C'est normal vu qu'il n'existe pas. Je suis nerveuse. Il me demande si j'ai bien donné mon vrai nom. Je lui soutiens que oui. Après encore quelques recherches, il s'exclame :

— Il y a un nom qui ressemble à celui-là. Tu as été mal enregistrée !

Il le modifie alors sur son fichier et c'est comme ça que j'hérite d'une nouvelle identité, toute provisoire. J'espère que la vraie Laury Maria ne m'en voudra pas, mais il faut bien que je m'en sorte d'une manière ou d'une autre. Dans une deuxième salle, on attend encore, trop à mon goût. Ils relèvent une nouvelle fois nos noms et puis direction les cellules. On me sépare du colocataire avec qui l'on m'a attrapée. J'atterris dans les cellules pour femmes. Complètement perdue et en stress, c'est à ce moment-là que j'aperçois Alicia. Je suis heureuse de la retrouver. Je connais au moins une personne dans cette prison !

Elle est bien particulière et située dans un immeuble au quatrième étage. On ne peut bien sûr pas sortir, il n'y a pas de cour. C'est comme une grande maison avec un long couloir et plusieurs pièces : des cellules, un réfectoire, des douches, des toilettes, un foyer. On se balade toute la journée, errant d'une pièce à l'autre. Une grille nous empêche de nous aventurer ailleurs dans l'immeuble. Il nous reste les fenêtres et la possibilité de regarder l'extérieur en s'imaginant libre pour un instant. Le bureau des surveillants, juste au niveau du portail de l'étage, contrôle l'ensemble des allées et venues. Impossible de s'échapper. On tourne en rond comme des hamsters en cage. Les journées n'en finissent pas !

Être privée de liberté, c'est quelque chose d'horrible. Je pleure chaque jour toutes les larmes de mon corps. C'est déjà tellement difficile d'avoir quitté mon pays ! Alors, ne pas pouvoir respirer l'air du dehors... Je ne peux pas non plus recevoir de visite, et de toute façon ma famille se trouve loin, si loin !

Cela fait une semaine que je suis à Yabandi et ce matin un agent turc nous appelle. On se précipite devant le portail. Le policier commence par élever la voix et nous dire qu'il n'est pas là pour discuter. Il nous donne un choix à faire : soit on signe directement le « déport »[14] et on sort dans les plus brefs délais – dans la réalité, on me l'a dit, on nous renvoie directement au pays – soit il nous assure qu'on restera là très longtemps…

Deux ou trois parmi nous signent vite fait.

Pas moi. Je préférerais rester ici un an plutôt que de signer mon départ. Alicia fait pareil. On se soutient toutes les deux. Je ne dois pas me laisser intimider, je n'ai jamais eu peur de personne, seul le serpent à sonnette a réussi une fois cet exploit.

La prison, c'est comme partout, on s'adapte. On a trois « repas » par jour, tout le temps des pois chiches ou des haricots blancs mal préparés. C'est vraiment une horreur ! Cela dit, on n'a pas le choix. Tous les soirs à la même heure, un ravitaillement supplémentaire est possible, mais à condition d'avoir de l'argent et bien sûr je n'en ai pas… Des gens venus de l'extérieur vendent leurs marchandises pendant une heure. On peut se procurer des saucisses, des bananes, des fruits, du pain, de l'eau, des serviettes, des brosses à dents, tout un tas de marchandises qui permettent d'améliorer l'ordinaire. Pour tout confort, on a une salle pour se doucher, un salon sans télévision, car l'autre jour il y a eu une bagarre entre les Algériennes et les Russes. Elles ont tout cassé ! Je me retrouve ainsi au milieu de ce tumulte. Dans ma cellule, celle des Africaines, on est une douzaine.

Quand je suis arrivée, j'ai aperçu dans un coin, isolés, une dame avec son enfant. Pourquoi sont-ils à l'écart ? J'ai eu assez vite l'explication. Beaucoup la suspectent d'être l'espionne de la cellule, car tout ce qui se passe

---

14 Retour au pays.

ici est rapporté. S'il y a une embrouille le matin, avant la soirée, la police vient nous voir. Certes, il y a bien une caméra dans la pièce, mais je me demande si elle fonctionne réellement. On voit tout le temps cette fille traîner dans le bureau des policiers. D'autres détenues sont venues nous le dire. La prison est le lieu de tous les commérages, tout se sait et se répand comme une traînée de poudre.

Partout où elle va, on la chasse, même de notre cellule. Mes codétenues n'en peuvent plus d'elle, à tel point qu'elles ont porté son matelas, son sac et elles l'ont mise hors de notre chambre sans aucune autre forme de procès. La police l'a récupérée et l'a installée ailleurs.

Dans cet enfer, tout fait l'objet de disputes ! C'est lassant. Ici, il vaut mieux ne pas être isolée, c'est pour ça qu'on se rassemble par pays. Avec Alicia et une autre compatriote, nous formons le clan des Camerounaises. Justement, cet après-midi, un incident est survenu avec les Russes. Le courant n'est jamais bien passé entre nous. Comme on partage toutes les mêmes salles, on est obligées de se supporter. Nous sommes tombées sur elle en train de fumer, manger et papoter. On s'est placées gentiment à la fenêtre. Elles nous ont fait comprendre qu'il fallait qu'on quitte cet endroit, parce qu'elles voulaient prendre l'air ! Je me suis retournée et je leur ai fait un geste pour leur dire d'attendre une minute. Elles l'ont mal interprété et ont cru que je les insultais. Telles des mèches de dynamite, elles se sont enflammées, c'est parti dans tous les sens ! Elles se sont levées et ont voulu se bagarrer. Elles étaient six et nous trois. On ne s'est pas laissé faire, on s'est insultées, mais on ne se comprenait pas. Il n'y a pas eu de coups parce que d'autres détenues se sont rapidement interposées. En revanche, l'une d'elles nous a fait le geste comme quoi on sentait mauvais, « tu pues », elle se tenait le nez avec deux doigts.

Je lui ai dit :

— Toi, tu pues plus que nous ! Vous ne faites pas de toilette le matin !

C'était vrai, elles ne se lavent pas ! Après le lever, elles se maquillent directement et vont s'asseoir toute la journée dans un coin. Et après, elles osent venir nous dire ça...

La prison rend fou, elle nous met sans cesse sur les nerfs et le moindre détail peut prendre une ampleur disproportionnée.

Un autre gros problème a concerné les Algériennes qui veillaient la nuit. Quand les autres voulaient dormir, elles commençaient à chanter. Ça durait des heures ; à plusieurs reprises on s'est disputées. On n'en est pas venues aux mains, mais puisqu'elles dormaient le matin, on s'est mises à chanter à notre tour. On a commencé à le faire en dansant, en tapant sur les lits pour les réveiller et les empêcher de dormir. Trois jours de tensions plus tard, tout le monde s'est calmé.

Ils ne nous disent pas pour combien de temps nous allons être là. Ils nous balancent dans la cellule. Ensuite, il faut attendre ; le jour où ils seront de bonne humeur, nous sortirons. Pour l'instant, ils ne le sont pas, jamais, et nous restons comme cette Congolaise qui a déjà fait six mois de détention, simplement parce qu'elle a refusé de signer le « déport ». La police l'a retenue un maximum pour qu'elle craque. Décidée à ne pas partir, elle a finalement cédé, car son fils, resté au pays, venait de mourir. Elle n'avait d'autre choix que de rentrer pour les funérailles !

Avant de partir, elle a pleuré toute la nuit, c'était horrible ! Six mois en prison, puis elle est rentrée sans argent dans son pays. Un échec que je refuse de connaître.

J'ai tellement de peine pour elle. Malgré son exemple, on espère toutes s'en sortir. J'ai entendu dire que les Africains noirs s'en tirent plutôt bien, mieux que les autres en tout cas. On expulse davantage les personnes qui viennent des pays voisins de la Turquie. Pour les étrangers plus lointains, ce n'est pas l'État turc qui veut payer le billet d'avion, c'est à la charge de l'expulsé et comme on n'a pas les moyens… On nous a aussi expliqué que l'ancien président du pays nous est favorable. Il se dit tant de choses sans savoir s'il s'agit de simples rumeurs ou de vérités. Ce qui est sûr, c'est qu'il ne faut surtout pas avoir de maladie grave comme le VIH, sinon ils nous expulsent directement et nous renvoient d'où l'on vient. Ce n'est pas négociable.

Ici, quand la police parle, vous ne toussez pas, vous n'avez pas le droit à la parole. Quand ils disent « Levez-vous », vous vous levez et après vous demandez pourquoi. Ce n'est pas comme en Europe où, paraît-il, il y a les droits de l'homme, ici il n'y en a pas. Ils s'en foutent, vous marchez comme eux le veulent, c'est tout ! Si tu fais la tête, ils t'emmènent dans le coin et lorsque tu en reviens tu as deux bosses sur le crâne. Ils ont fait ça à l'une d'entre nous, ça nous a calmées.

La durée d'emprisonnement en Turquie est à géométrie variable selon votre statut. Le fameux faussaire originaire de Bamenda – région anglophone du Cameroun – a eu au moins le mérite de dire la vérité au commissariat nous concernant. Durant le transfert vers Yabandi, il m'avait prédit que je partirais très tôt de Turquie et avec beaucoup de culot, il m'avait proposé de travailler pour lui, plus précisément de livrer des colis. J'avais refusé, je trouvais ça trop dangereux et je ne m'estimais pas capable d'assumer ce genre d'activité. Il s'agissait d'amadouer le pigeon, lui proposant d'investir dans une pseudo-affaire juteuse et ensuite, au cours d'une réunion, de subtiliser le vrai argent du client et le remplacer par la monnaie de singe du faussaire. Cet escroc avait mis son avocat sur le coup dès son arrestation. Il fut libéré au bout d'une semaine seulement parce qu'il avait de l'argent pour soudoyer la police turque alors que nous, nous attendions toujours de savoir quand nous allions sortir.

Je vis cela comme une injustice, nous n'avons rien fait, hormis séjourner irrégulièrement dans un pays. Nous, toujours en prison ; lui, dehors !

Il y a aussi l'histoire de la détenue française, qui, après avoir vendu ses pièces d'identité, a été arrêtée pour cela. Elle n'est pas restée très longtemps entre quatre murs, mais elle a eu quand même le temps de me passer le livre de Valérie Trierweiler. Et hop ! Trois jours plus tard, elle a été libérée illico presto à la suite de l'intervention de l'ambassade française et même escortée jusqu'à l'aéroport !

Et ce matin, miracle, ils nous appellent. On ne se fait pas prier et on court dans leur bureau. Ils nous prennent alors en photo. On va sortir ? On n'en est pas encore sûrs ! On attend jusqu'au soir. À 18 heures, ils nous rappellent par l'interphone. Il n'y a plus qu'à signer les documents, puis ils nous remettent un papier stipulant que nous sommes libres. On récupère rapidement nos affaires stockées dans un coin du bureau et voilà, c'en est fini de Yabandi !

C'est énorme, rien ne vaut le fait d'être libre et de respirer l'air du dehors ! Oui, c'est l'un des plus beaux jours de ma vie, celui de ma libération ! J'ai fait deux semaines et quatre jours de rétention que je n'oublierai pas de sitôt !

Le portail de Yabandi se referme derrière nous. Je me retrouve dans la rue avec mes deux compatriotes, celui avec qui j'avais été arrêté et l'un de ses amis. Et maintenant que je suis dehors, que vais-je faire ?

8

Liberté

J'avais compris dès le début de notre relation que son « voyage » n'avait pas été une partie de plaisir. Cela se manifestait parfois pendant la nuit. À plusieurs reprises, je fus réveillé par des gémissements. Jane s'agitait, appelant je ne sais qui, le front aussi trempé de sueur que si elle avait eu de la fièvre. Les mouvements de ses avant-bras décrivaient une lutte sans doute vaine contre un adversaire sorti tout droit de son subconscient. Je la pris dans mes bras en lui chuchotant quelques mots de réconfort. Les yeux encore clos, elle se mit à me narrer son cauchemar. Elle fuyait à travers la brousse poursuivie par des monstres à trois têtes. Bien sûr, comme dans la plupart des rêves, c'était ridicule, mais ça paraissait tellement vrai à ses yeux… Cela lui arriva très souvent au cours des mois suivants.

Il faudrait du temps pour que les traumatismes subis au cours de son périple s'estompent. Le principal concernait la prison. De nos jours, on enfermait ceux qui voulaient vivre une vie meilleure ailleurs que dans leur pays. Partout dans le monde, ceux qui n'ont pas d'argent ne peuvent pas se déplacer. La liberté de circulation n'est un droit fondamental que pour un habitant à l'intérieur de son État[15] ou d'un citoyen de l'Union européenne[16]. Les pauvres ne peuvent pas circuler librement sinon ils sont enfermés. Simple à comprendre... Les Mexicains et les Vénézuéliens sont condamnés à se heurter devant le fameux mur que veut construire le fils à papa Donald Trump, les Nord-Coréens doivent rester enfermés dans leur propre pays comme un cadavre dans un cercueil. Les Syriens doivent accepter de se faire bombarder par leurs propres compatriotes. Combien d'autres peuples sont martyrisés et ne peuvent que subir ?

Je ne connaissais pas encore les conditions dans lesquelles Jane avait été enfermée, mais je me doutais bien que cela n'avait pas été une sinécure. Au fil du temps, j'allais en apprendre davantage sur son parcours.

---

15 Selon la Déclaration universelle des droits de l'homme.
16 Article 2 de la Convention européenne des droits de l'homme.

9
Tête de Turc

30 NOVEMBRE 2014 – AKSARAY

J'ai appris une nouvelle expression en Turc, c'est « tchabouk tchabouk ! », ça veut dire « Plus vite, dépêche-toi ! » C'est la phrase favorite de notre patron. Cela résume assez bien ce qu'il attend de nous, il faut produire toujours plus pour une paie de misère !

Je n'habite plus chez les compatriotes restaurateurs. Je n'allais pas retourner chez eux alors que pendant mon séjour en prison à Yabandi, la patronne Gertrude n'est pas passée une seule fois me rendre visite. Alicia et moi vivons chez l'un de ses copains. Ce n'est pas très confortable, mais ça me suffit.

Je veux tout faire pour partir d'ici, je sens que je n'ai pas ma place dans ce pays. Dans la rue, je suis particulièrement mal à l'aise. Les passants nous évitent. Ils changent de trottoir quand ils nous voient ou nous regardent de travers. Je sors le moins possible de chez moi, mais je suis bien obligée de le faire pour aller au travail, alors je marche la tête baissée. Je ne comprends pas la mentalité d'ici, tout est si différent au Cameroun. Adossée à mon lit, je pense en pleurant à nos soirées familiales. Qu'ils sont loin les rires aux éclats et la bonne humeur des miens ! Je les vois toutes et tous, assis sur le sol rouge de notre terre natale. Une brise venue de l'Atlantique les effleure et atténue la chaleur qui va devenir à la limite du soutenable d'ici ces prochaines semaines.

Mon père, toujours là, m'adresse un sourire de connivence. Il tient au creux de ses mains des cailloux. D'un air de dire, moi aussi, je me souviens lorsque nous jouions au jeu des pierres rondes. On lance chacune d'elles en essayant de les rattraper sans toucher les autres. Cela demandait de la dextérité et de la concentration. Nous n'avions peut-être rien si ce n'est l'essentiel, la joie de vivre.

Ici, le travail se fait aussi rare que leurs sourires, même pour les Turcs eux-mêmes et logiquement encore moins pour nous, les étrangers. J'en ai quand même dégotté un dans une entreprise qui fabrique des sacs. J'y passe mes journées et je peux vraiment dire qu'elles sont difficiles et interminables.

En Turquie, les immigrés ont plus ou moins le droit de travailler dans des usines, ils peuvent le faire à leur risque et péril.

On ne peut pas travailler dans les grandes entreprises, mais les petites, c'est possible, ainsi que les entreprises ayant des activités liées aux matières premières ou qui sont dans le domaine du textile. Ceux qui en ont les moyens peuvent même ouvrir leur propre « business », un restaurant ou un salon de coiffure… Un autre boulot rapporte, celui des filles qui ne veulent pas se casser le dos, comme je le fais, mais se promènent de jour comme de nuit dans le quartier d'Aksaray. Les hommes viennent même nous interpeller dans la rue sans que nous ayons demandé quoi que ce soit en disant « para, para ? »[17]

C'est dégradant. Ils me dégoûtent.

---

17 « Argent, argent ? »

Quant aux immigrés masculins, ils participent parfois au système du « Fe man ». En gros, ils escroquent les gens comme le fait le faussaire de Yabandi ou vivent de petits trafics.

Peut-être que des migrants sont devenus très riches grâce à ça, mais je préfère bosser, besogner, trimer dur et suer à grosses gouttes dans mon usine. Je veux garder la tête haute, que ma famille soit fière de moi, surtout lorsque je retournerai les voir. Comment pourrais-je les regarder en face si je faisais n'importe quoi ? Quel regard porterait sur moi ma mère si je venais à me prostituer et qu'elle l'apprenait ? Quel exemple aurais-je été pour mes neveux et nièces ? Cela est impensable. Aussi, je ne représente pas uniquement ma personne, mais avec moi voyagent tous les miens.

La journée commence à 8 heures et se finit à presque 21 heures, avec une seule heure de pause ! Cela fait deux mois et demi que ça dure pour une petite paie de 200 liras par semaine[18]. Ce n'est pas du tout ce que j'ai appris à faire, mais je n'ai pas le choix ! On travaille à la chaîne, le sac arrive déjà découpé, il faut le raccorder avec une colle très forte. Ensuite, je passe le sac à quelqu'un qui réalise la couture. La colle reste sur mes doigts et à force, ils font mal sur les bords.

Le travail est d'autant plus pénible que nous avons uniquement le droit de nous lever de nos chaises pour aller aux toilettes.

Si mon corps a mal en permanence, il va sans dire que mon âme aussi.

« Tchabouk, Tchabouk ! » nous répète sans cesse le patron. De nombreux sacs très différents les uns des autres sortent des chaînes de production. Il les exporte

---

18   51 euros environ.

partout. J'ai même vu des Français qui viennent pour faire des affaires…

À quel prix les vendent-ils ? Je me sens si exploitée !

Je n'ai pas de problème avec le patron, mais avec sa fille, le moins que l'on puisse dire, c'est que les relations sont difficiles. Un jour, elle est arrivée vers moi munie d'un spray déodorant à la main. Elle en a aspergé au-dessus de ma tête comme pour signifier que je sentais mauvais. Je l'ai regardée sans rien dire. J'étais tellement humiliée ! La femme du patron est intervenue aussitôt pour calmer le jeu, mais le mal était fait. On est quatre Noirs en tout, dont un Malien, une Ivoirienne et un compatriote. Les autres employés, des Syriens et des Turcs – là depuis longtemps – ont fait les mêmes gestes que la fille du patron. Mimétisme de la bêtise.

Ils nous disent à peine bonjour et ne nous adressent jamais de sourire. Tous les jours, un employé s'occupe de faire le « tchai »[19]. Pour eux, seule l'Ivoirienne peut se charger de cette tâche. Elle travaille là depuis six mois et dort même sur place, n'ayant nulle part où aller. Son expérience fait toute la différence. Lorsque la patronne m'a chargée à mon tour de faire le thé, je m'attendais bien à recevoir sur ma tête toute leur méchanceté. Je n'ai pas été déçue, ils s'en sont donné à cœur joie ! Je me sens comme une pestiférée, leur tête de Turc.

Je dois endurer cette atmosphère détestable quotidiennement. Le matin, je prie pour que la journée passe le plus vite possible. Il y a des moments difficiles où je regrette d'être partie de mon pays, où je pleure en me demandant comment il est possible de traiter les gens de cette façon ! C'est dans ces moments-là que mon père

---

19   Le thé.

apparaît comme pour me dire de tenir bon. Il faut que je continue à me battre.

Enfin, ce petit job sous-payé est terminé ! Il m'a permis d'économiser suffisamment afin de poursuivre ma route. Récemment, on m'a mise en contact avec un autre passeur, lui aussi camerounais. Il vit de ça. Je n'attendais qu'une chose, obtenir les mille euros qu'il me demandait pour pouvoir partir de là et ça y est, le grand départ est prévu pour demain soir !

10
3771

Trois mille sept cent soixante et onze morts noyés en Méditerranée pour l'année 2015[20].

Les images tournoyaient en boucle sur les chaînes d'information, encore des migrants qui avaient perdu la vie en mer. Images tellement diffusées que plus personne n'était choqué. Personne n'allait sortir dans la rue avec un gilet jaune et dire « Ça suffit ! Il faut faire quelque chose pour empêcher ça ! » Non pas empêcher les gens de traverser, mais faire en sorte qu'il n'y ait plus de noyés. Tant que ça ne vous touchait pas personnellement, il est des drames que l'on ignore. Jane, de son côté, était affligée à chaque fois qu'elle voyait ses images. Normal, elle qui avait vécu cette fameuse traversée. Elle ouvrait grand les yeux, se remémorant sans doute ses propres sensations. Et cela arrivait presque tous les jours. La photo du petit garçon de trois ans, Aylan Kurdi, retrouvé mort sur une plage turque, avait fait le tour du monde. Les vidéos de migrants anonymes amassés dans des embarcations toutes les plus précaires les unes que les autres étaient devenues innombrables et quotidiennes. Entassés comme des sardines, qui pouvait arriver à les compter ?

---

20 Chiffre établi par l'Organisation internationale pour les migrations (OIM), trois mille huit cent en 2016…

Cinquante morts un jour, cent le lendemain, les chaînes d'informations ne s'intéressaient qu'aux gros chiffres. Décomptes macabres. Combien de familles n'avaient plus de nouvelles de leurs enfants noyés en Méditerranée et dont on ne retrouvera jamais le corps ?

Des sauveteurs se battaient continuellement pour limiter la casse. Malgré toute leur bonne volonté, leur abnégation et leur courage, la mer engloutissait des milliers d'âmes. Plus grave, on accusait ces derniers d'être complices des passeurs. Où s'arrêterait le cynisme des populistes et autres xénophobes européens ?

On se regardait, elle et moi. Des files ininterrompues de réfugiés franchissaient des frontières de l'Est. C'en était impressionnant et l'effet sur les spectateurs européens l'était aussi, ils se sentaient envahis… De sombres nuages s'amoncelaient sur le Vieux Continent.

11

Air Zodiaque

27 décembre 2014

Le départ devait avoir lieu hier, mais je n'ai pas pu embarquer et c'est heureux, car ceux qui ont tenté leur chance à ce moment-là se sont fait arrêter par la police turque. Ils devaient se rendre dans une maison, rester deux ou trois jours tandis que les passeurs tâtaient le terrain pour savoir si le champ était libre. Des voisins ont prévenu la police. Ceux qui se sont fait arrêter sont allés directement à Yabandi…

Ce matin, c'est le grand jour. J'ai pris mon sac à dos, bien déterminée à quitter enfin la Turquie. Je me rends dans le quartier d'Aksaray retrouver celui qui va m'aider pour cette étape cruciale de mon périple. Une fois que je l'ai retrouvé, le passeur me fait traverser toute la ville. À proximité d'un parc, il m'ordonne de faire comme si je ne le connaissais pas, puis me donne quelques codes gestuels qui nous serviront à communiquer. De son côté, le passeur tourne pour s'assurer que la police ne traîne pas dans les parages, puis il passe le relais à d'autres « guides ». Comme signe d'adieu, il me lance un regard avant de s'en aller.

En seulement deux heures, nous nous retrouvons à une quinzaine de candidats à la traversée. Les « guides » arrivent en mode incognito. On les voit tourner autour de nous de longues minutes. Ils finissent par nous demander si l'un d'entre nous parle anglais. Parmi nous, Farid, le Comorien, s'exprime bien. L'un des « guides » lui explique comment nous allons procéder pour le transport. Une fourgonnette vient se garer tout à côté. C'est le moment que choisit la police pour débarquer ! Heureusement, il n'y a encore aucun bagage dans la voiture. Chacun reste figé sur place et regarde le paysage. Les oiseaux chantent à tue-tête. Peut-être annoncent-ils un bon présage, celui d'un voyage qui se déroulera bien. Après une fouille minutieuse du véhicule, la police quitte les lieux. Nous pouvons enfin embarquer.

Censés être quinze, une fois dans la camionnette, nous nous retrouvons entassés à plus de trente, sans compter les deux passeurs qui nous accompagnent. Devant, ils installent une femme, une Syrienne. Ils nous expliquent que quand la police voit une dame, de surcroît couverte, ils ne contrôlent généralement pas le véhicule. Ils nous donnent la consigne de ne pas parler ni de faire du bruit. Nous éteignons nos téléphones au cas où ils sonnent. Des Syriens ou des Pakistanais ne cessent de faire du bruit... Les passeurs s'énervent et leur demandent une première fois de s'arrêter. Ils ne s'exécutent pas. En pleine forêt, sans prévenir, le conducteur gare la fourgonnette et les passeurs sortent de gros bâtons. Ils crient, tout en tapant sur le toit de la camionnette :

— Maintenant, il y en a encore un qui ouvre la bouche, on n'hésitera pas à vous frapper, c'est compris !

Comme par magie, ça calme tout le monde. Nerveux, les « guides » risquent des années de prison. Au bout de six heures de trajet, nous arrivons enfin dans un endroit reculé.

Je crois que ça y est, on va partir ! Ce n'est pas trop tôt, on a attendu des heures dans une forêt où l'on n'y voyait rien. Les hommes ont fini de gonfler le bateau pneumatique et l'ont transporté au bord de l'eau. Je regarde, figée, les « guides » donner leurs dernières indications. Ils ne viennent pas avec nous ?!

Nous allons être livrés à nous-mêmes, je suis morte de peur !

Pas le choix.

Eh oui, c'est l'heure de vérité ! À mon tour, je me glisse dans le bateau, certains le surnomment ironiquement « Air Zodiaque ». Personne ne discute désormais, aucun ne pense à plaisanter ou même rire. Nos mines sont graves, crispées, concentrées. Je devine sur certaines lèvres quelques prières. Moi-même, j'ai envie d'en faire une. Un instant, je crois voir la silhouette de mon père, mais je sais bien que ce n'est pas possible. Nos « guides » mettent en route le moteur et nous souhaitent bonne chance !

Je n'en mène vraiment pas large. Je repense à ces derniers jours, j'ai souffert pour arriver jusque-là, il faut que je serre les dents !

Le pneumatique progresse dans l'obscurité sans visibilité hormis les lumières de la côte grecque. Cette dernière nous paraît si proche... Même si la mer est calme pour l'instant, je sais que bon nombre d'entre nous ne savent pas nager et ne sont jamais montés dans une embarcation. Personne n'a de gilet de sauvetage, pourtant les commerçants d'Aksaray les plaçaient bien en évidence sur leurs étalages. J'aurais dû y penser, mais maintenant c'est trop tard. Je dois me préparer au cas où. J'ai souvent pris des bateaux, j'avais l'habitude de naviguer avec ma sœur au pays pour acheter du poisson.

C'est vrai, je me débrouille plutôt bien pour nager, mais en pleine mer et avec la température de l'eau, je ne souhaite à personne de tomber !

Les minutes passent lentement, chacun sur le qui-vive, à l'affût du moindre bruit, espère intérieurement que la mer ne va pas se mettre en colère et qu'il va s'en sortir.

Alors que cela fait des heures que nous sommes partis, la mer agite de plus en plus ses longs bras. Elle ne se laisse pas faire, n'est pas d'accord pour nous laisser passer. Notre anxiété se transforme en terreur, même si en voyant les lumières grecques se rapprocher, nous gardons espoir !

Comme si cela ne suffit pas, un gars s'est proclamé capitaine du bateau. Pakistanais, il dit qu'il a navigué autrefois dans son pays. Nous lui demandons pourquoi il n'a pas dit aux « guides » qu'il savait piloter. Il commence à affirmer qu'il s'y connaît, alors que l'autre, non. Le conducteur, énervé, lui dit de prendre sa place !

Bon sang, mais qu'est-ce qu'on va devenir ! L'embarcation prend une mauvaise direction. Tout le monde lui crie dessus, c'est la panique !

Les hommes lui disent de dégager. Ils sont prêts à le jeter à l'eau ! Il cède piteusement sa place. Ouf ! Le premier conducteur reprend ses droits et poursuit sa route en nous rapprochant du but.

Quatre heures que nous luttons contre les flots ! Les lumières brillent intensément devant nous, la Grèce nous allume comme les sirènes de *l'Odyssée*[21]. Instant de flottement. Certains disent qu'il faut aller à droite parce que la côte nous paraît plus proche.

---

21 Dans le récit mythologique de *l'Odyssée* d'Homère, les sirènes chantent pour inciter les navigateurs à plonger les rejoindre.

Et tout à coup, *bam*, ça frappe fort, on ne s'y attend pas ! Le conducteur n'a pas arrêté le moteur à temps et le navire vient de heurter la terre ferme et s'est retourné ! Il y a des blessés.

J'ai mal à mon genou, mais pour l'instant j'ai oublié ma douleur, mon espoir se hisse à la hauteur de ma peur de tout à l'heure. Je crois bien qu'on y est arrivés ! Je cours comme une folle vers la plage. Je sens que mon cœur est prêt à exploser. Mince, j'ai oublié mon sac, il est tombé à l'eau ! Je reprends un instant ma respiration tout en visualisant là où je l'ai laissé. J'y retourne ! Il est tout mouillé, il aura le temps de sécher plus tard…

Les hommes percent le zodiaque pour que, si les policiers nous arrêtent, ils ne puissent pas nous remettre dedans. Ils ont coulé aussi le moteur du bateau, ce que les passeurs nous avaient dit de faire. Sommes-nous vraiment en Grèce ?

Quoi qu'il en soit, il ne faut pas rester là, nous nous mettons en marche et attaquons une pente. Ma veste, aussi mouillée que celle de mes camarades, colle à ma peau, je ne sens plus mes pieds… Parvenue péniblement au sommet de la colline, j'aperçois un drapeau bleu et blanc !

En pleine nuit, nous nous mettons tous à danser, pas seulement parce qu'on est arrivés en Europe, mais bien parce qu'on a échappé à la mort.

Nous sommes vivants !

Tout ce qui nous fait plaisir, c'est sauter de joie, crier ! Fini la Turquie ! Vive la Grèce, l'Union européenne et les droits de l'homme ! Pour nous, c'est le départ d'une nouvelle vie, sûrement meilleure que celle que l'on a vécue.

Les hommes utilisent du bois mort trouvé dans un champ pour allumer un feu. Ce dernier nous réchauffe le corps et l'âme. On passe une nuit à rêver de notre avenir les yeux ouverts.

Le lendemain, nous marchons jusqu'à une villa et sonnons au portail. Le propriétaire vient nous ouvrir et nous demande qui nous sommes. Nous lui expliquons notre situation. Affable, il nous offre quelques biscuits et de l'eau. Il nous dit de ne pas nous inquiéter. Nous lui demandons alors d'appeler pour nous la police.

Maintenant, il ne nous reste plus qu'à attendre. Ça ne va pas être long.

12

Françafrique

Monde fracturé, violent et implacable. Avec ce que me racontait Jane sur son passé et mes recherches personnelles sur son pays d'origine, je voyais bien que l'argent régnait en maître et j'en avais un goût amer dans la bouche. Un monde corrompu, partout. D'une manière souterraine et cachée en France, quasiment affichée en Afrique. Un vieillard de quatre-vingt-trois ans qui, selon certains, *ne faisait rien pour améliorer les conditions de vie de ses concitoyens*, régnait tel un monarque depuis plus de trente-trois ans, avec comme corollaire une société plus qu'inégalitaire, où tout se monnayait. Il fallait payer pour pouvoir étudier. Et à la fin de ces études, de surcroît, le travail se faisait rare. Se soigner? Il fallait aussi payer! À mille lieues de notre paradis social si décrié, et où pourtant la plupart des soins étaient pris en charge. Jane et moi avions été par exemple choqués par une vidéo où l'on voyait une femme enceinte perdant la vie à l'entrée d'un hôpital, parce qu'elle n'avait pas les moyens de payer les soins nécessaires.

L'absence de l'État se faisait sentir à tous les niveaux. Les routes là-bas étaient dangereuses, tout juste bitumées, entretenues irrégulièrement avec pour résultat des accidents fréquents. Sans une plus grande implication de l'État dans l'aménagement du territoire et l'amélioration des conditions de vie des populations, comment s'étonner que certains de ses habitants veuillent partir ?

Si la France n'y était totalement pour rien, cela ne me mettrait pas autant en rage, mais comme disait le traître Pétain, « l'Histoire jugera » ! On ne pouvait rien faire contre le passé, hormis peut-être avoir de la modestie dans ses propos et reconnaître les erreurs de notre lourd passif colonial. Ce n'était pas les Français qui étaient ici mis en accusation, mais les dirigeants de la Ve République et les différents lobbies qui avaient pu « pousser au crime ». Qu'en était-il de nos jours de la politique africaine de la France ? Qu'en était-il des activités de certaines entreprises françaises implantées partout dans le monde et qui exploitaient les plus grandes richesses dans les pays les plus pauvres ? Qui était le maître, qui était l'esclave ? J'aimais mon pays, mais ses habitants et ses dirigeants connaissaient-ils la réalité des choses ?

Néo-colonialisme. Ce mot faisait peur. Dès 1960 et l'indépendance des pays africains colonisés par la France, le général de Gaulle créa une cellule africaine dirigée par Jacques Foccart afin de maintenir les intérêts français sur ses anciennes colonies. Elle perdurera jusqu'à ce que Nicolas Sarkozy la supprime, mais charge dans le même temps Claude Guéant de continuer dans les faits une politique « Françafrique décomplexée »[22].

Concrètement, elle revêt plusieurs formes, en premier lieu l'aspect économique, qui avait pour but de garantir un accès privilégié aux matières premières, dont l'uranium, ressource indispensable à nos centrales nucléaires.

---

22 Samuël Foutoyet, *Nicolas Sarkozy ou la Françafrique décomplexée, Bruxelles*, Tribord, 2009.

Le deuxième objectif visait à favoriser les transnationales françaises[23]. Le poids de la France en Afrique ne représentait plus que 4,7 % en 2011, dépassée largement par les États-Unis et la Chine…

D'un point de vue diplomatique, l'apport des voix des pays africains alliés à l'ONU permettait encore à la France de conserver un certain poids comme puissance mondiale. La présence de soldats français en Afrique était là pour maintenir l'ensemble.

Cet aspect théorique évoqué, dans les faits, cela avait permis aux différents partis français de la Ve République de financer leur campagne. Valéry Giscard d'Estaing affirma par exemple que Jacques Chirac avait bénéficié dès 1980 de larges financements de la part d'Omar Bongo, chef d'État du Gabon[24]. Cet exemple ne fut pas isolé… Dans quelle mesure la France avait-elle installé ou maintenu des dictateurs au pouvoir ?

---

23 Grandes entreprises, anciennement appelées multinationales.
24 « De la Françafrique à la Françafric », article de Pierre Malet, Slate.fr, 3/11/2011

13

Fylakio

Et si nous nous étions trompés ? C'est la question que je me pose en voyant une heure plus tard des policiers arriver. Ils portent tous des masques blancs au visage, nous demandent de nous mettre en rang et nous comptent. Escortés par deux véhicules de police, nous marchons jusqu'à un commissariat. Une fois arrivés, nous attendons, affamés, des heures qu'ils nous prennent nos empreintes et nos identités.

Assise dehors dans le froid, le regard perdu au loin, je me demande si j'ai bien fait de traverser cette mer.

En fin d'après-midi, ils commencent par nous fouiller, puis nous mettent des menottes pour deux. Je me sens si rabaissée. Heureusement, je me retrouve avec Zabra, l'un de mes compatriotes, avec lequel je peux parler. Le soir, la police demande à chacun de nous 50 euros. Comme mes camarades, je reprends soudain espoir. On se dit qu'ils vont finir par nous relâcher.

Et maintenant, j'en suis moins sûre. Nous marchons menottés, de nouveau escortés par les policiers. Visiblement, nous allons prendre le bateau.

Convoi spécial, ils nous exhibent comme des trophées. Nous ne sommes plus des êtres humains, mais des bagnards des temps modernes. Nous passons au milieu des voyageurs qui nous regardent intensément. C'est tellement humiliant ! Nous sommes parqués dans un coin du navire, mis en quarantaine, tous assis en cercle. Les policiers, placés de part et d'autre, nous encadrent comme si nous allions fuir, alors que c'est nous-mêmes qui les avons appelés il y a quelques heures. Où va-t-on ? Nous ne le savons pas, les dents serrées, ils ne nous disent rien. Nous n'avons d'autre choix que d'attendre.

À notre retour sur la terre ferme, d'autres policiers nous prennent en charge et nous font entrer dans des fourgons pour prisonniers. À l'intérieur, je ne discerne rien, simplement un petit cadre grillagé où nos gardiens peuvent nous guetter. Nous sommes répartis dans différents compartiments de deux ou de quatre. Je ferme les yeux en me disant que je me dois de garder espoir. De toute façon, c'est la nuit, il n'y a rien à voir ! Je perds la notion du temps, mon esprit vogue et se pose mille questions.

Ils nous font enfin sortir. Encore des policiers ! Accueillie, un peu comme si j'étais une dangereuse fugitive. Des chiens aboient à notre arrivée. Leurs maîtres au visage grimaçant nous observent, hostiles. Je découvre tout autour de nous des murs et de gros barbelés. Je prends conscience que je vais faire un deuxième séjour en prison.

Ils commencent par séparer les hommes et les femmes en nous demandant de récupérer notre sac. Dans une salle, des policières procèdent à une fouille corporelle. Elles me palpent à la recherche d'une lame, d'une paire de ciseaux ou de tout autre objet qui pourrait me servir d'arme. Quand je dis « palper », c'est partout, elles mettent les doigts là où seuls mes amants avaient pu aller jusque-là. C'est tellement humiliant, mais je n'ose rien dire. Je suis spectatrice d'un mauvais film d'action où je joue le rôle principal.

— Combien de temps vais-je rester ?

Les policières ne répondent pas à ma question, mais nous ordonnent de prendre quelques vêtements. Une fois le nécessaire récupéré, nous laissons nos sacs dans un préfabriqué, puis elles nous conduisent dans la cellule pour femmes et enfants. Il y a vingt-six lits au total, ce n'est pas très grand. Les matelas étant tous occupés, j'ai pris celui qui était le plus proche des latrines avec tous les inconvénients que cela comporte ; odeurs et bruits de mes codétenues qui s'y rendent.

Le repas est ici servi à heures fixes : le matin, à 13 heures et plus tard après 18 heures. J'ai le ventre creux, mais il est trop tard pour nous. Je demande à boire, on me rétorque que je peux boire l'eau des toilettes. Vu l'état de propreté de ces dernières, il y a de quoi hésiter.

Dans la cellule d'à côté, on commence à discuter avec un Syrien proche de la libération. Prenant pitié de nous, il donne à chacune un pain dont il fait visiblement la collection.

Tout ce que je veux désormais, c'est dormir. Il y a bien des lits et des matelas, mais quelque chose manque, les couvertures… On en demande, ils nous disent d'attendre qu'un certain capitaine Nikos vienne prendre son service. Celui-ci n'arrive pas. Au bout d'un moment, on insiste tellement qu'ils nous donnent une couverture. Fine, elle ne suffit pas à me réchauffer. Je tremble de froid et d'angoisse. Le lendemain au réveil, je me demande comment j'ai pu dormir dans cette atmosphère glacée, humide et sans chauffage. Peut-être était-ce la fatigue de la veille ?

Cela fait maintenant trois jours que j'ai atterri en enfer. Il porte un nom, Fylakio. Il faut que je me dépêche, ils viennent de faire l'appel et m'ont dit que j'avais dix minutes pour me préparer. Pour aller où, je n'en sais rien, mais je ne me fais pas prier. Ça m'étonne, parce que j'ai entendu dire qu'ils gardaient les femmes neuf mois et que c'était descendu à six après une décision d'Aléxis Tsipras, leur nouveau Premier ministre élu en janvier 2015[25].

---

25 Plus tard, la peine fut réduite à trois mois.

14

Le Guantánamo grec

Le lendemain matin, je voulus lui faire plaisir en allant chercher des viennoiseries. Si elle mangea le pain au chocolat, elle ne toucha pas aux croissants. Je lui en demandai la raison. Le ton de sa réponse me surprit.

— Tu veux toujours tout savoir !

Son regard devint plus perçant. Elle laissa un temps comme si tout son être se retrouvait quelques mois auparavant.

— En fait, par rotation d'un mois, trois restaurants produisaient les repas que nous mangions à Fylakio. Pendant trois semaines, l'un d'eux nous a donné uniquement des croissants à manger…

Je m'arrêtai en plein dans ma course, alors que j'avais trempé goulûment le mien dans ma tasse de café au lait. Je me mis à imaginer manger pendant trois semaines ce même croissant à tous les repas et me demandai comment on pouvait infliger ce traitement à d'autres humains.

Chacun s'occupait ensuite, elle devant la télé et, de mon côté, je m'assis à mon bureau.

Qui connaissait Fylakio au juste ? Elle m'en avait parlé comme « du plus terrible centre de rétention » de la Grèce. N'avait-elle pas exagéré ? Quand on tapait cette requête sur Internet, on avait du mal à trouver rapidement des informations. Il fallait bien chercher. Au fond, ce village grec situé à une demi-heure d'Orestiada, et des frontières avec la Turquie et la Bulgarie, était une destination touristique comme une autre. Mais depuis quelques années, de plus en plus de migrants voulaient traverser cette porte de l'Europe. Quelques organisations humanitaires – pas toutes – ainsi que des journalistes venus sur le terrain avaient dénoncé les conditions de vie des migrants en Grèce. Une photo apparaissait cependant assez vite. Elle avait été prise par l'AFP en novembre 2010, période où la Grèce s'était déclarée débordée par la situation[26]. On y voyait de jeunes hommes amaigris et sales derrière des barbelés nous rappelant les heures les plus sombres de l'Histoire.

On trouvait également des organisations humanitaires méconnues dénonçant le traitement que subissent les prisonniers, non seulement dans les centres pénitentiaires, mais aussi dans les lieux de rétention pour migrants.

Le centre de Fylakio créé en 2007 comprenait deux côtés : une prison et un camp de réfugiés. De loin, cet endroit ressemblait à une grande maison aux toits typiques de la Méditerranée. Sauf que les barbelés, la barrière, les hommes en armes et les chiens vous convainquaient du contraire. À l'intérieur se trouvaient dix grandes cellules[27], dont une pour les femmes pour une capacité totale de trois cent soixante-dix personnes.

En 2008, un programme de financement européen prévoyait la présence d'un assistant socio-psychologique, d'un avocat et d'un interprète pour une durée de huit mois. Le psychologue rapporta que le programme s'était achevé plus tôt que prévu, faute de financement et que la

---

26 Article de Mathieu Goar paru dans 20minutes.fr le 6 novembre 2010.
27 Elle pouvait contenir de trente à cinquante prisonniers.

plupart des détenus souffraient de troubles du comportement liés à la détention[28].

En octobre 2014, l'organisme européen des droits de l'homme[29] dénonça dans un rapport[30] une hausse de la maltraitance policière pendant les procédures d'arrestation, une surpopulation chronique des prisonniers et une pénurie importante du personnel pénitentiaire. Concernant le centre de Fylakio, en plus des griefs énoncés précédemment, était évoqué le manque d'activités extérieures avec une mention particulièrement évocatrice : « inhuman and degrading treatment »[31].

Du côté des médias, des journalistes ont demandé à plusieurs reprises à pouvoir visiter le centre. Sans succès. Jamie Smyth le fit en 2011 pour le compte du *Irish Times*. Il recueillit les témoignages de détenus accoudés aux fenêtres, qui parlèrent du manque de lumière, des odeurs d'urine et de maltraitances. Sur ce dernier point, les autorités grecques ont toujours démenti ces accusations. Un gardien parla lui-même du « Guantánamo grec »[32]. Quelques mois auparavant, en décembre 2010, un prisonnier dit devant les caméras de la *BBC* que le centre de Fylakio n'était pas un endroit pour les humains, mais pour les animaux. Et enfin, Patrick Wieland de Médecins sans Frontières fit part dès décembre 2010 de son « écœurement » face à la situation des migrants dans les

---

28 Informations détaillées dans le rapport de migreurop.org.
29 Comité pour la prévention de la torture et des peines ou traitements inhumains ou dégradants (CPT).
30 Rapport écrit d'après des visites effectuées dans vingt-cinq commissariats, sept prisons et huit lieux de rétentions.
31 Traitements inhumains et dégradants.
32 *The Irish Times*, 30 avril 2011.

centres de rétention. À la fin de son article, il s'écriait
« Et la dignité, bordel ! »[33]

En 2011 déjà, *The Economist*[34] parlait du passage des migrants comme d'un « flot inarrêtable ». Qu'a fait le gouvernement grec en réaction ? En 2012, il a érigé une clôture de 10,5 km de long avec la Turquie. Puis il appela au secours…

Qu'ont décidé les États européens ? Dès 2003, soi-disant sur de bonnes intentions, l'Union européenne adopta le règlement Dublin II, particulièrement injuste, qui indique que le requérant n'a pas le choix du pays d'accueil. Il s'agit du premier pays de l'UE qui recueille les empreintes digitales grâce aux banques de données EURODAC. Par la force des choses, ce sont des pays « périphériques » où le migrant n'a pas sa place. Ce système les dissuade alors de demander l'asile dans les autres pays, le taux d'acceptation étant très bas.

Et la France dans tout ça ?

Un ministre s'est rendu à Fylakio sans que je puisse l'identifier[35]. Devant les caméras, il déclara paradoxalement avec froideur que « c'était quelque chose de très touchant, émouvant, mais que la Grèce ne pouvait pas être la porte d'entrée de l'Europe. » Des Tunisiens et Marocains lui avaient dit qu'ils étaient arrivés par Istanbul et qu'ils rêvaient d'aller en France ou en Italie. « Ça ne peut pas être le moyen d'entrer. » Mais quel est le moyen d'entrer, au juste ? Son discours sonnait faux. L'État français refusait toute immigration autre que celle du droit d'asile. Pourtant, comment avaient fait les aïeux

---

33 Source : lameduse.ch
34 Magazine d'actualité hebdomadaire britannique.
35 Sans doute un membre du gouvernement Fillon de l'ère Sarkozy (2007-2012).

de la plupart de ses habitants ? Étaient-ils tous des Gaulois ?[36]

J'étais particulièrement remonté le reste de la journée.

---

[36] Dans un article daté du 29 octobre 1016 et intitulé « Lettre à Lorànt Deutsch », je fustigeais l'attitude de ce dernier qui, à l'occasion d'une polémique sur l'identité française, avait déclaré quelques jours auparavant tout et son contraire : « Évidemment que nos ancêtres ce sont les Gaulois », puis quelques lignes plus loin : « Je ne suis Français que depuis cinquante ans. Donc nos ancêtres ce sont les Romains, les Germains, les Burgondes, les Francs, les Italiens, les Flamands, les Hongrois. »

15

Camp ouvert

Pleins d'espoir, nous embarquons dans un fourgon, mais à notre grande surprise, le véhicule s'arrête quelques dizaines de mètres plus tard. Les policiers nous conduisent dans une salle, puis ils procèdent à une nouvelle fouille, cette fois-ci plus poussée. Ils passent tout d'abord nos sacs aux détecteurs de métaux, puis nous devons devant eux enlever un par un les objets qui se trouvaient dans ces mêmes sacs. Nous les plaçons ensuite dans des boîtes en plastique qui franchissent un scanner.

Une fois de plus, j'ai droit à une fouille corporelle. Ça devient la routine, on doit tout enlever, se retrouver nue et humiliée en attendant de voir des mains étrangères se glisser le long de notre corps. Par la suite, on s'assied avec les autres et on attend. Longtemps... Des responsables humanitaires viennent se présenter à nous avec un grand sourire.

— Nous sommes là pour vous aider à trouver des solutions rapides.

Dans ma tête, ça sonne faux. Je les écoute tout en restant méfiante. Ils nous expliquent que nous nous trouvons dans un camp ouvert et nous envoient ensuite faire une visite médicale.

L'infirmière passe sur moi un appareil dont j'ignore l'utilité. Il réagit une première fois en émettant un son aigu, puis une seconde fois. Je suis prise de panique et crois être atteinte d'une maladie grave. Voyant ma réaction, l'infirmière m'explique qu'il s'agit juste d'un détecteur de fièvre. Elle me demande alors si je suis vaccinée et si j'en ai souvent. Je lui réponds que tout va bien, mais que j'ai mal à la tête depuis la veille et que je suis fatiguée. Je ressors de là avec quelques comprimés et on me conduit dans le bureau de la psychologue.

— Pourquoi es-tu partie de ton pays ? Tu as eu quels problèmes ?

Ses questions me gênent, j'ai la sensation de passer un interrogatoire, d'autant que toute notre conversation est enregistrée.

On retourne en salle d'attente. Je suis toujours en compagnie de Zabra ainsi que des Comoriens, Syriens, Irakiens, Maliens…

Certains nous avaient fait comprendre qu'il valait mieux déclarer que nous étions en couple, car cela faciliterait les choses, nous pourrions alors sortir plus rapidement.

Dans une énième salle, les responsables humanitaires nous poussent insidieusement à demander l'asile.

Ils me posent la question tranquillement :

— Est-ce que tu veux demander l'asile ou pas ?

Lorsque je leur réponds non, ils m'informent des conséquences très négatives qui en découlent et me font comprendre que pour mon bien, il serait préférable que je fasse une demande d'asile. J'accepte alors et affirme être en couple avec Zabra.

Un policier prend nos empreintes numériques. Il me dit :

— Tu es en couple, ça va bien se passer, faut pas t'inquiéter.

Une fois toutes les démarches effectuées, ils nous installent dans un préfabriqué. C'est toujours mieux qu'une cellule.

Il y en a plusieurs alignés le long d'une allée. Celui d'à côté abrite un couple d'Irakiens et leurs trois enfants. Comme eux, beaucoup de réfugiés ne restent pas longtemps, les Syriens et les Somaliens en particulier, quatre jours, c'est le maximum ! Je ne les envie pas. Dans ces pays, les bombes s'abattent plus souvent sur les habitations que les gouttes d'eau sur le sol. Ils ont tout perdu, leur maison, leur travail et n'ont pas vraiment choisi de partir…

Une certaine routine s'est installée. Le matin, après l'appel, on va prendre le petit déjeuner. À midi, on nous donne à la fois le déjeuner et le repas du soir. Ce n'est pas glorieux, ici, on ne risque pas de grossir. Au contraire, cure d'amaigrissement garantie !

Ils nous disent que c'est un camp « ouvert », mais les barbelés encerclent le camp et personne ne peut en sortir. Des policiers et des chiens gardent l'entrée. Ils font des rondes en vérifiant bien que nous sommes présents et que nous dormons. Le seul avantage c'est que j'ai le droit de sortir à tout moment de « l'appartement » et me rendre dans la salle collective. Je peux m'asseoir à une table pour manger, discuter avec les autres et faire une machine à laver.

Le camp est tout petit, on fait sans cesse des allées et venues entre ces deux endroits.

Pour m'occuper, comme toute détenue ordinaire, je passe mon temps devant la télévision et comme les autres je n'y comprends rien. La langue grecque, trop compliquée pour moi, m'échappe. Seules les images donnent des indications sur ce que je regarde. Le pire, c'est que je ne peux même pas appeler ma famille, leur dire que je suis bien arrivée en Grèce, que j'ai survécu à la traversée et que je suis bien vivante ! Aucun des miens ne sait où je suis. Il y a bien un téléphone, mais il ne fonctionne pas. Il marche avec des cartes que seule une commerçante vend lorsqu'elle passe dans le camp. Nous nous sommes plaints, ils nous ont dit qu'ils allaient voir s'ils pouvaient le réparer.

Ensuite, ç'a été au tour du chauffage de ne plus fonctionner. J'ai eu encore plus froid que ma première nuit en cellule, je tremblais, nous avons été obligés de nous serrer les uns contre les autres pour nous réchauffer. J'ai dormi avec mon compatriote sur le même lit. Ils sont entrés, ont vu dans quel état on était, que ça n'allait pas, mais ils ne nous ont pas proposé pour autant de changer de préfabriqué ! On s'est de nouveau plaints, on leur a fait comprendre qu'on ne pouvait plus dormir dans un endroit aussi glacé. Ils ont fini par céder et nous ont fait intégrer un autre container. Aujourd'hui, 31 décembre, le couple d'Irakiens part.

J'ai la certitude que je vais sortir d'ici. Quand ? Je ne le sais pas. La liberté ? On l'espère, on l'attend…

Bonne année ! Généralement, lorsque l'on dit ça, on a devant soi un bon repas que l'on soit en Afrique ou ailleurs dans le monde ! Eh bien là non, je suis dans un camp de réfugiés attenant au centre de rétention de Fylakio en Grèce.

Pas de champagne pour moi ce soir ni de bon repas. Bonne année, se dit-on timidement dans le préfabriqué. Au fond du trou, chacun espère que les prochains réveillons ne pourront être que meilleurs. C'est dur pour moi, au Cameroun je passais mes 31 décembre en boîte de nuit à m'amuser comme une folle, à « m'enjailler » comme je dis parfois. Et là, je me retrouve à la place d'un oiseau en cage, privée de liberté, condamnée à me morfondre entre les murs.

Je pense aux miens qui sont restés dans leur misère. Au moins, ils ne connaissent pas l'enfermement et ils pourront fêter ce soir.

16

Papillons

La Coccinelle rouge roulait à vive allure dans les rues d'une ville assommée par la défaite. J'avais du mal à la suivre. Les seules voitures croisées klaxonnaient à tue-tête et leurs occupants arboraient tant qu'ils le pouvaient au travers de leurs fenêtres le drapeau lusitanien. Quelques heures plus tôt, nous nous étions rendus, Jane et moi, chez sa cousine Félicienne. J'étais plutôt content que Jane puisse avoir un entourage familial. Assises sur le canapé, deux des amies de la cousine dégustaient le « hero », un plat typiquement camerounais qui ressemblait fortement au « kôk »[37] que j'avais déjà eu le loisir de goûter. Cela me faisait penser à des épinards… Je me contentai pendant cette soirée de poulet et de bière, ce qui m'allait très bien. Il ne s'agissait pas d'une « pyjama party », mais le thème du jour concernait un événement sportif, la finale du Championnat d'Europe de football entre la France, qui jouait à domicile, et le Portugal. Le match en lui-même fut tendu, serré, même si les occasions furent nombreuses pour l'équipe hôte. Leurs adversaires, savamment organisés, ne leur laissèrent que

---

37 Les feuilles de « kôk » font penser à nos épinards et sont cuisinées avec de l'huile de palme, de l'arachide et du bœuf. La recette du « hero » incorpore également des feuilles de « kôk », mais est composée différemment du « kôk ».

peu d'espace. Dans les matches précédant la finale, les « Bleus » avaient eu beaucoup de chance, notamment contre les aigles allemands, foudroyés pourtant par le petit coq français. Une drôle de soirée s'annonçait. Quelques secondes avant le coup d'envoi, des nuées de papillons avaient pris d'assaut le Stade de France et dépassaient par leur nombre les spectateurs présents. Une des convives s'exclama alors :

— Les papillons ! Ce sont les ancêtres des Français qui sont sur le terrain ! Ce sont leurs grands-parents, leurs arrière-grands-parents !

Nous rîmes beaucoup !

Jane semblait heureuse à ce moment-là, loin des doutes qui l'accablaient parfois. C'était le genre de soirée qui changeait de l'ordinaire. Des signes, encore… Ronaldo, la star de la *Seleção*, blessé, sortit sur une civière au bout d'une vingtaine de minutes de jeu. Loin d'affaiblir son équipe, le cadenas portugais semblait plus résistant que jamais, même si juste avant la fin du temps réglementaire le « Mexicain » André-Pierre Gignac passa à deux doigts et un poteau de devenir le héros du match. Au lieu de ça, il prenait plutôt la place du poulet mis en pièces dans mon assiette.

Ce fut la prolongation et une étrange main noire portugaise se transforma en main blanche française, donnant un coup franc bien placé. La barre transversale et, peut-être, la parade de folie du gardien Lloris, sauva la patrie.

Ce dernier et son homologue adverse, Rui Patricio, furent les vrais rois de cette partie, volant à travers leur cage, s'élevant au niveau des dieux de l'Olympe.

Il fallait bien un vainqueur dans cette partie et les dieux – les signes l'avaient montré – tournèrent le dos à l'équipe de France. Eder, le buteur qui ne marquait jamais, crucifia d'une frappe puissante au ras du poteau toute une nation. Le silence, comme un brouillard épais, s'abattit sur une bonne partie du pays, rendant les gens à la fois tristes et figés dans leur canapé. Moi-même, je devins une statue de glace, réanimé de justesse par un baiser attendri de ma bien-aimée.

— Tant pis, il faut quand même s'amuser, on va sortir, ajouta-t-elle, visiblement excitée.

La Coccinelle rouge se gara donc le long d'une rue banale. La devanture du magasin ne payait pas de mine. Elle indiquait : « Épicerie, produits cosmétiques ». Il s'agissait en fait d'un « maquis »[38]. Lorsqu'on y pénétra, trois jeunes hommes, attablés, parlaient fort. De dehors on ne pouvait les voir, empêchés par un épais rideau. Deux hommes plus anciens se trouvaient accoudés à la caisse avec la patronne, une dame fine, la cinquantaine.

On but encore. On nous questionna ; l'un d'eux, le plus jeune, la vingtaine à peine, jubilait.

— Le Portugal a gagné, je suis pour le Portugal !

Fair-play, on le félicita. De temps en temps, on percevait des klaxons de supporters heureux. Haut les cœurs, la bière ne me rendit pas la mine bien joyeuse. Attitude stupide s'il en est, provoquée par un simple match de foot...

Soudain, une phrase résonna dans la petite échoppe, comme un obus qui me serait passé au ras des oreilles :

— Je hais la France !

Assis quasiment en face de moi, Max, centrafricain, vingt-cinq ans environ, venait d'ouvrir les débats. Seul représentant de l'infâme colonisateur, je devais répondre de crimes que je n'avais pas commis.

---

38 Bar clandestin.

Tenait-il vraiment sa bière ou était-ce la bouteille qui le maintenait assis ? Figé et ne sachant pas comment réagir sur le banc des accusés avec une boisson alcoolisée pour m'accompagner, je ne me sentis pas seul bien longtemps. L'attaque portée à mon encontre fit bondir mes avocates.

— Mais pourquoi habites-tu la France si tu la hais tant ? demanda l'une d'elles.

— Les Français ont ruiné mon pays et provoqué la guerre civile !

Jane prit la parole :

— Tu dis ça, mais c'est ton propre peuple qui s'est déchiré. Arrêtons de rejeter la faute sur les pays occidentaux et prenons-nous en charge ! On possède plein de richesses dans nos pays, mais ce sont bien nos dirigeants qui les vendent pour leur propre profit. Au lieu de se victimiser, traitons le problème à la racine. Et par ailleurs, si tu n'es pas content, pourquoi es-tu encore là, il y a d'autres pays que la France ! Va au Portugal par exemple !

Le dialogue, impossible à établir, donna lieu à une violente dispute dans le maquis. Une bière de plus et le Centrafricain faillit même se battre avec son meilleur ami. La patronne, dépitée, tentait de se ressaisir ; les anciens désapprouvaient de la tête le manque de tenue du jeune client. La soirée tournant au vinaigre, il valait mieux partir. C'est ce que fit également notre contradicteur, davantage mis à la porte qu'autre chose. Le maquis venait de perdre au moins deux clients.

Le lendemain, ce fut un peu la gueule de bois.

17

Les larmes de la Sanaga

FYLAKIO – 12 JANVIER 2015

Ce matin, nous nous mettons en rang avec nos bagages. Nous nous embrassons tous, on danse en criant « Dieu merci ! » dans toutes les langues du monde. Nous disons au revoir aux autres prisonniers. Ils nous remettent des papiers et c'est là que nous commençons à avoir une drôle d'impression. Ils nous séparent, les femmes dans une voiture, les garçons dans une autre. Quelque chose cloche. La voiture fait seulement le tour du camp... Au moment où l'on franchit le portail de la « grande prison », je comprends. Je me dis :

— Oh mon Dieu, si je reviens ici c'est pour un long moment et je ne vais jamais tenir !

Une fois à l'intérieur, tout recommence comme la première fois. À croire qu'ils aiment nous fouiller. Ils nous disent de prendre seulement quelques vêtements comme lors de mon arrivée dans cet enfer. J'obtempère, mais j'en prends quand même quelques-uns pour le froid.

Ils nous donnent le choix suivant : soit ils détruisent la caméra de notre téléphone et l'on peut rentrer avec, soit on le laisse dans le sac. Dans un état second, je ne pense même pas à le prendre.

Au moment où la gardienne me fait entrer dans la cellule et referme la porte, je refuse de croire à mon emprisonnement. Deux Comoriennes me souhaitent la bienvenue et me racontent qu'elles sont enfermées depuis deux mois. Je prends conscience que je vais rester ici pendant très longtemps. J'éclate en sanglots et m'écroule au sol.

Je me mets à hurler à travers la porte que je ne veux pas être en prison.

— Qu'est-ce que j'ai fait pour ça ?! Je ne suis pas une criminelle ! Laissez-moi sortir d'ici !

L'une des deux veut me réconforter. Elle me dit qu'au début elle a eu la même réaction, mais ici, on peut crier tant que l'on veut, ça ne change rien.

— Tu peux même te suicider, pour eux, ce n'est pas un problème.

Étendue sur le lit, je suis au plus bas, en plus du fait que depuis mon arrivée en Grèce, je n'ai toujours pas pu joindre ma famille. Peut-être pensent-ils que je suis morte ?!

Je demande à la Comorienne si elle a un téléphone et si je peux appeler avec. Elle me répond qu'il faut d'abord que j'achète une carte et qu'ensuite elle me le prêtera.

Toute la nuit, je pleure jusqu'au matin, sans dormir, sur un lit de nouveau à côté des toilettes. Je crois bien que j'ai épuisé toutes les larmes de mon corps, il n'en contient plus.

Le lendemain soir, je peux joindre ma famille ! Elles savent que je suis vivante. On pleure toutes au bout du fil. Ça serait bien que je parvienne à dormir cette nuit. Mes yeux me le demandent. Je sombre doucement dans le sommeil ; je me rapproche des rives de la Sanaga, je vois la terre rouge, celle que j'aime tant, je me vois rire avec les miens, les yeux rieurs de ma mère et le doux visage de ma sœur. J'ai bien aperçu mon père en tenue militaire me faire un salut des plus martial, puis serrer le poing dans ma direction pour m'encourager à continuer à me battre.

Au bout de trois jours, je prends le meilleur lit pour regarder la télévision. Alors que nous sommes tranquillement en train de regarder les informations grecques, je vois qu'il se passe quelque chose en France, l'endroit où je veux aller. Même si je ne comprends rien au grec, une même expression revient toujours, *Charlie Hebdo*. J'ai la sensation que quelque chose de grave se passe, mais je ne sais pas exactement quoi. Visiblement, des gens ont été assassinés…

Un incident survient avec l'une des Comoriennes qui m'a prise en grippe. Lorsque nous dormons, elle prend l'habitude de traîner des pieds avec ses claquettes. La nuit suivante, elle recommence son manège, mais en prime, elle cherche des bouts de carton, se positionne au-dessus de ma tête et les déchire. Je ne sais pas si c'est l'enfermement qui la rend complètement cinglée, mais c'est moi, qui à ce moment-là pète les plombs. Je me mets dans une rage folle et on se dispute à tel point que les autres détenues doivent intervenir pour nous séparer.

Pendant deux semaines je vis à l'écart des autres, ne parlant à personne. Je n'arrive pas à trouver ma place ici. Je vis mal l'enfermement. Les Comoriennes ont tendance à rester entre elles et en plus, elles ne parlent pas trop bien le français. Ainsi, je passe mon temps à dormir le plus possible, matin, midi et soir, sauf aux moments des repas. Il faut le dire, on mange vraiment mal. Le midi, nous avons souvent des pois chiches, des haricots blancs mal cuisinés, des saucisses et la seule chose qu'on attend vraiment, ce sont les petites cuisses de poulet, qui, pour nous, représentent à chaque fois des repas de fête.

Pour les sorties, le soir, le bon vouloir de certains policiers peut nous permettre de rester dans la cour plus d'une heure trente. Il faut que je me fasse une raison, me mêle à mes codétenues et devienne plus sociable.

En plus, j'ai du renfort, une Gambienne est arrivée. Je me lie d'amitié avec elle. Elle s'appelle Nafissa.

Parfois, Zabra demande aux gardes à me voir et ils l'emmènent devant la cellule des femmes. Nous pouvons discuter à travers la grille. Nous avons déclaré être tous les deux mariés, alors il faut jouer le jeu !

Il a des problèmes de santé. Il s'est plaint à plusieurs reprises qu'il ne se sentait pas bien. À Fylakio, il y a bien un docteur, mais, incompétent, il ne connaît qu'un seul médicament, le « depon »[39]. Mal à la tête ou à la jambe, c'est pareil !

Une nuit, Zabra a fait une chute de son lit superposé. La chance a voulu qu'il ne se soit pas cogné la tête, mais ils l'ont néanmoins transporté d'urgence à l'hôpital.

Depuis son départ, certains me pointent du doigt, m'adressent des regards de travers. Je suis désormais cataloguée comme « la femme du mec malade ». Cela explique qu'en un mois, je suis restée cloîtrée dans ma cellule sans sortir une seule fois !

J'ai trop honte, je ne veux pas entendre les commentaires qui circulent sur mon compte dans la prison alors que beaucoup, dont les compagnons de cellule de mon supposé mari, savent très bien que je ne suis pas sa femme.

Le capitaine Nikos ne s'est pas privé de raconter ce que mon compatriote a comme maladie. C'est un officier qui se présente comme ayant de l'honneur, mais qui n'a pas un échantillon sur lui. Il a le profil même du petit et

---

39 L'équivalent grec du Doliprane.

du lâche, tourne son uniforme comme il change de chemise. Il veut plaire, mais déplaît à tout le monde.

Bien sûr, ils se sont dit que moi aussi je pouvais être malade et c'est comme ça que je me retrouve à devoir aller à l'hôpital pour faire une prise de sang. Pour trouver quoi au juste…

Il me faut attendre au moins trente minutes dans la cour de la prison au milieu de soixante hommes et de leurs regards méprisants. Le capitaine Nikos, responsable de tous les prisonniers, aurait pu m'éviter cela ! Merci pour cette nouvelle humiliation…

Les policiers me retirent les menottes à l'entrée de l'hôpital. À part la tuberculose, je ne sais pas ce qu'ils recherchent. De ce point de vue-là, je suis sereine, car, avant de partir de mon pays, j'ai fait tous les vaccins possibles…

On n'a pas de contact avec les personnes extérieures sauf une sorte de parloir où l'on peut recevoir des visites. Une grande grille nous sépare des hommes, mais on peut se parler… Si tout est allé très vite depuis notre débarquement en Grèce, j'ai la sensation que cette prison va devenir ma nouvelle maison. Non, ce n'est pas possible ! Il faut que je balaie cette idée de ma tête. Ça va aller ! Cette cellule ne représente qu'une étape sur le chemin de la liberté.

18

Charlie Hebdo

Charlie Hebdo, comme une blessure indélébile qui ne s'effacera jamais. Victimes de la haine et de l'ignorance. Certes, ils ne faisaient pas dans la dentelle, mais était-ce une raison pour les abattre comme des chiens ?

Cabu, Wolinski, Charb et tous les autres, connus ou anonymes[40], morts sous les balles de sombres crétins. Cabu, plus particulièrement, représentait pour moi un souvenir d'enfance. Dans les années 1980, chez nous, la télévision marchait sans interruption le mercredi après-midi, essentiellement sur Antenne 2 avec une émission – *Récré A2* – et sa présentatrice vedette, Dorothée.

À l'époque on pouvait compter le nombre de chaînes sur les doigts d'une main. *Goldorak*, *Rémi sans famille*, *Les Mystérieuses Cités d'or*, autant de dessins animés mythiques entrecoupés par les facéties des compagnons de Dorothée chargés d'amuser la galerie. Parmi eux, Cabu, drôle de bonhomme aux lunettes et à la coupe au bol, réalisait des petites caricatures amusantes en deux temps trois mouvements. Inoffensif, ses idées mises en dessin constituaient ses seules armes, mais ils ne purent

---

40 Tignous, Honoré, Bernard Maris, Elsa Cayat, Franck Brinsolaro, Ahmed Merabet, Frédéric Boisseau, Michel Renaud, Mustapha Ourrad sans compter les autres victimes, Clarissa Jean-Philippe et celles de la supérette casher.

arrêter, ce jour-là, les balles. Les dessins et caricatures peuvent faire mouche et même blesser, mais n'avaient jamais tué personne… jusque-là.

Ce que nous ne savions pas à l'époque, c'est que c'était le début d'une série d'attentats plus abjects les uns que les autres.

Nous étions le 12 novembre 2015. Paris, la Ville lumière brûlait sous les bombes. Annoncé bien des années plus tôt par le groupe de rap Suprême NTM et son album du même nom *Paris sous les bombes*. Cibles faciles, des gens assis aux terrasses en plein mois de novembre. Comme d'habitude, la lâcheté était de mise. Ils entraient dans une salle de spectacle – Le Bataclan – et tiraient au hasard. Chrétiens, juifs, musulmans, Blancs, Noirs, peu importait. La religion n'avait plus d'importance, mais constituait un prétexte. Le sang coulait comme autant de larmes des prophètes disparus.

19

Marie et les doyennes

À mon retour de l'hôpital, les filles me remontent le moral. Je me sens mieux désormais, le regard des autres a enfin changé et je peux de nouveau sortir. Les responsables du centre trouvent bizarre le fait que je sois négative à tous les tests. Ils m'ont déjà convoquée à deux reprises pour me demander si j'étais réellement sa femme.

À leurs questions, je réponds toujours la même chose :
— Oui, c'est mon mari.
— Tu sais de quoi il est malade ?
— Non.

La vérité c'est que je suis coincée, je ne peux pas changer de version, mais après tout, il suffit de nier. Comment peuvent-ils prouver le contraire ?

Petit à petit notre cellule commence à se remplir. J'ai six codétenues, cinq Comoriennes et Nafissa. Celle qui est devenue une amie, contrairement à moi, n'a pas demandé l'asile. Je lui ai conseillé de le faire, mais les Comoriennes l'en ont dissuadée. Après son passage au camp ouvert, elle a joué un atout auquel aucun de nous n'avait pensé. Elle a affirmé être lesbienne. Bien sûr, ce n'est pas vrai, mais c'est ce que certains lui ont conseillé de faire pour que sa demande aboutisse.

Le capitaine Nikos est venu dans notre cellule pour convaincre toutes les détenues de demander l'asile. Selon lui, celles qui le faisaient avaient un espoir de sortir avant les six mois réglementaires. À ce moment-là, Nafissa se rend compte qu'elle a peut-être perdu du temps. Elle décide alors de faire sa demande d'asile.

J'en suis sûre, elle va partir avant moi et je vais me retrouver sans mon binôme.

Depuis l'arrivée des Géorgiennes il y a quelque temps, nous sommes les huit doyennes de la prison ! Tous les jours, des Syriennes et des Somaliennes arrivent et repartent rapidement. Les seules qui restent, les inamovibles, figées ici, peut-être, pour l'éternité, sans savoir quand s'ouvriront les portes, c'est nous !

Les bons moments se font rares. Un jour, le capitaine Nikos vient avec nos photos et nous les donne. On a l'idée de les coller au mur.

Une policière est formidable avec nous, elle s'appelle Marie. Elle est si gentille, à l'écoute et essaie de tout faire pour nous rendre la vie moins pénible. Elle nous donne des conseils et nous réconforte :

— Six mois, je ne vais pas te dire que ce n'est rien, c'est beaucoup, surtout pour vous qui partez de votre pays dans des situations précaires avec plein d'espoir et vous vous retrouvez en prison, ça ne doit pas être facile… Je ne suis pas à votre place, mais dites-vous que ce n'est que six mois et qu'après vous pourrez reprendre le cours normal de votre vie.

Ça m'émeut tellement qu'une gardienne ait ces mots pour moi. Elle se comporte de cette façon-là avec tout le monde. Si on a besoin d'une crème ou de petites affaires, on lui remet l'argent et pendant ses heures libres, elle fait parfois les courses pour nous.

Parmi les autres gardiens, de multiples personnalités se côtoient, du dragueur patenté aux êtres brutaux ou psychorigides. Certains poussent la nourriture avec leurs pieds comme ils le feraient avec des chiens. Parfois, simplement, ils appellent deux ou trois d'entre nous pour aller chercher les repas. La plupart du temps on est dégoûtés par ce qu'on nous apporte. D'autres policiers viennent le matin à 6 heures nous réveiller et l'un d'entre eux fait systématiquement l'appel en regardant partout si on est bien là. Je n'arrête pas de lui dire que ça ne sert à rien de venir nous réveiller tous les matins, que l'on ne va pas s'enfuir !

— De toutes les façons, c'est fermé de partout...

Il ne comprend rien, tout comme la plupart de nos geôliers. Au contraire, et c'est ça qui est le plus dur ici, nous ne sommes pas correctement traités. Nous nous sentons sans cesse rabaissés et devons endurer des humiliations quotidiennes sans pouvoir nous défendre.

La pire des gardiennes c'est celle que l'on surnomme « la princesse ». Elle ne nous laisse pas sortir des cellules à l'heure, tout se fait en fonction de son humeur. Si elle est dans un bon jour, elle-même vient nous ouvrir ; dans le cas contraire, on tape contre la porte de la cellule et on perd presque une heure de sortie. Lorsque l'on cogne, on crie « astynomia, astynomia ! »[41]

Lorsqu'elle ouvre la porte, il ne faut surtout pas la frôler. Jamais d'ailleurs... Et puis c'est comme si on puait et qu'on la répugnait. Elle nous le fait comprendre à sa manière... On ne supporte pas de la voir et c'est sûrement réciproque, ce qui peut expliquer sa façon d'être. Elle n'est pas la seule, il y a d'autres policiers qui ne viennent pas trop vers nous.

---

[41] Veut dire « police » en grec.

20

Assumer

Dans l'une de mes classes, plus de la moitié des élèves étaient originaires d'Afrique subsaharienne. Sans doute quelques-uns parmi eux avaient connu un parcours similaire à Jane. Ils n'étaient protégés ici que par leur statut scolaire et on donnait à certains beaucoup plus que leur âge... La plupart, des Congolais, avaient le même mode de vie que ma petite amie en termes de nourriture, de goûts pour les vêtements, mais pas seulement. Ils avaient été éduqués « à l'africaine ». Si parfois ils s'agitaient ou bavardaient, aucun ne me manqua de respect, davantage après qu'ils apprirent que je sortais avec une de leurs cousines. N'ayant que très peu de moyens, ils rêvaient de s'élever, de se dépatouiller de leur condition que j'imaginais difficile. L'un d'eux recherchait même quelqu'un pour l'aider à écrire sa biographie. Il s'adressait d'une manière sous-entendue à l'auteur que j'étais. Je l'aiderais peut-être un jour... Ses dix-sept premières années de vie avaient dû être traversées de drames et de déchirements ; une route parsemée d'embûches...

Je faisais le parallèle avec Jane. J'essayais d'imaginer quitter mon pays, vivre mille et une aventures pour au final me retrouver seul dans un lieu nouveau, aux antipodes culturels de mon pays d'origine.

Parfois, je repensais à ce qu'elle m'avait déjà raconté et je me posais des questions. L'une d'elles m'était venue après le travail, peut-être un détail, mais je n'en étais pas sûr et il fallait que je la lui pose.

— Pourquoi tu as donné ton vrai nom aux Grecs et pas aux Turcs ?

Elle hésita un instant.

— Avant d'entrer dans l'Union européenne, on m'avait expliqué que les empreintes seraient valables dans l'ensemble de cet espace. Elles étaient électroniques. Je ne pouvais pas arriver en Grèce en donnant un faux nom pour ensuite en changer. Je me suis dit qu'il valait mieux donner le vrai. Dans tous les pays de l'espace Schengen que j'ai traversés, ils prenaient les empreintes et ils avaient tous les renseignements, ça sortait automatiquement. Tout ce que j'avais pu dire auparavant avait soigneusement été enregistré. Si j'avais encore donné un faux nom, ma situation se serait aggravée, ils m'auraient cataloguée comme étant malhonnête. J'ai préféré éviter ça, j'ai donné mon nom, mon âge, ma nationalité, tout était vrai. J'ai utilisé le même nom partout sauf en Turquie et en Serbie, parce qu'ils n'ont rien à voir avec l'Union européenne.

Notre conversation se poursuivit, d'autant qu'elle avait envie d'exprimer certains *a priori* qu'elle rencontrait au quotidien.

— Certains, quand tu leur dis que tu as voyagé de la Turquie jusqu'ici d'une façon clandestine, s'écrient : « Ah, c'est parce que tu n'as pas de moyens ! »

Ils te regardent avec condescendance et pitié. Quand on fait ce voyage, certains dépensent deux fois plus que ceux qui ont eu leur visa directement dans des ambassades. Ce n'est pas faute d'avoir essayé de l'obtenir. Si nous partons de chez nous, c'est qu'il y a une raison. Les gens doivent pouvoir le comprendre. Et à ceux qui arrivent, qui ont honte de dire qu'ils ont voyagé dans des conditions difficiles, il faut assumer, être fier et heureux d'être arrivé jusqu'ici. C'est le parcours du combattant. Que les gens arrêtent de nous regarder de travers, on a voyagé, on a souffert, mais on est normal ! En tout, j'ai dépensé une somme importante afin d'arriver ici. Dans chaque pays, il a fallu donner de l'argent à un passeur pour traverser. Et puis, les gens n'imaginent pas ce qu'a pu être l'emprisonnement à Fylakio, l'enfermement, les souffrances morales plus importantes encore que les privations de nourriture. Peuvent-ils seulement comprendre ?

Elle pouvait passer du rire aux larmes en moins de temps qu'il en fallait pour le dire. Il ne faut pas croire que l'on s'ennuyait. Je découvris à cette époque-là que l'on pouvait avoir les pires tracas tout en gardant le sourire. Souvent, nous passions notre temps tels deux enfants à nous chercher l'un l'autre. Les choses les plus simples pouvaient nous amuser.

Et puis, il survenait des moments moins drôles où son air sérieux reprenait le dessus. Cet après-midi-là, je lui demandai si ça allait.

— Je t'ai déjà dit que pour me transporter, ils m'ont mise dans un coffre ?

— C'est une blague ?!

— Pas du tout.

— J'en appelle à Amnesty International !

— En fait, c'était une voiture « normale » sauf qu'ils avaient retiré les deux sièges arrière et j'étais là, sans ceinture de sécurité, à même le sol, sans rien, tout ça pour m'emmener faire des examens à l'hôpital.

— Ça me rappelle mes années d'enfance. Parfois, quand je jouais au foot, ou à d'autres occasions, on nous transportait de cette façon-là. Certaines voitures commerciales ou appartenant à des artisans ne possédaient pas de siège arrière pour pouvoir transporter du matériel. Je ne crois pas qu'aujourd'hui on s'amuserait à véhiculer des enfants de cette façon. Pas en France en tout cas, bien que…

Elle n'eut aucune réaction. Parfois, il n'est pas utile de parler. Son esprit devait se trouver encore à Fylakio dans le coffre d'un véhicule ou à l'intérieur de sa cellule.

21

Comme des rats en cage

Le seul réconfort consiste à appeler les miens restés au pays, ce sont eux qui me donnent la force de tenir et qui maintiennent mon espoir de connaître des jours meilleurs. Cependant, je ne peux pas appeler tout le temps. La recharge coûte 10 euros et cela ne nous fait que quelques minutes, un peu moins d'un quart d'heure. Eux m'appellent parfois, notamment mon petit ami que j'ai laissé au pays et qui essaie de me joindre dès qu'il le peut.

Au début je comptais les jours, parce que je ne pensais pas tenir six mois. Je n'ai jamais été enfermée aussi longtemps. Si les premiers jours ont été terribles à vivre, après, finalement, on s'habitue à tout, même au pire. Avec Nafissa et les Géorgiennes, on trouve des occupations, comme faire du sport. Le matin, on essaie de danser, parfois on joue avec un ballon – le volley-ball est notre sport favori – à l'intérieur du dortoir, on ne voit pas le temps passer !

Et puis, il y a les jours difficiles, ceux où je ne veux parler à personne, où je pleure sans interruption et sans raison particulière. Je me mure dans le silence, je me tiens les genoux repliés sur mon lit et rêve que je passe au-dessus de toutes ces barrières et ces barbelés qui entravent ma liberté, qui m'empêchent d'être moi-même. Pourquoi dois-je faire six mois de prison ? À quel titre ?

Des rumeurs circulent et disent que ce sont les administrateurs de la prison qui tiennent à ce que nous restions jusqu'au bout des peines encourues. Je ne sais pas si tout cela est vrai, mais c'est pour cette raison qu'il y a quelque temps les détenus hommes se sont révoltés et ont mis le feu à leurs cellules. On les a envoyés dans d'autres prisons de Grèce où ils ont fait au maximum un mois. Certains nous ont appelés pour nous dire qu'ils avaient été libérés.

Le titre de doyenne que je partage avec les sept autres est souvent dur à assumer. Il faut non seulement supporter l'enfermement, mais subir aussi le fait que beaucoup arrivent après nous, restent quelques jours et repartent libres alors que nous sommes là depuis des mois.

Les conditions dans la prison de Fylakio sont déplorables. Les rats viennent nous rendre fréquemment visite, faisant bondir de peur les Géorgiennes qui crient comme si elles avaient vu le diable en personne. Cela nous fait beaucoup rire, sauf quand l'on sent un rongeur se mouvoir dans notre lit. Parfois, on n'a pas d'eau chaude ou seulement une heure le matin et le soir. Il a fait froid dans notre cellule pendant toute la période hivernale. C'est choquant parce que chez les hommes il fait tout le temps chaud, eux ont droit au chauffage. Ils sont mieux traités ! On n'a jamais su pourquoi, on s'est plaintes, mais rien ne s'est passé. Ils nous ont donné deux couvertures chacune, pas plus.

Nos cellules, dégueulasses, ressemblent ni plus ni moins à des poubelles. Les tags sur les murs font office de décor. On doit nettoyer nous-mêmes. On s'est de nouveau plaintes auprès du capitaine, car chez les hommes, des femmes de ménage viennent nettoyer leurs cellules deux fois par semaine. Au final, Nikos a cédé et nous a envoyé également du personnel de service. Il faut le dire, c'est mieux que rien, mais c'est du vite fait. Elles passent juste la serpillière et parfois on repasse nous-mêmes après leur départ.

Dans son ensemble, la prison n'est vraiment pas propre.

Aujourd'hui, les autorités grecques viennent visiter Fylakio. Deux jours avant leur arrivée, le capitaine Nikos a fait repeindre les murs, puis nous a demandé de faire nos lits. Il nous a pris toutes les couvertures sales et crasseuses qu'on avait et à la place, il nous en a donné des neuves, toutes propres. Ce jour-là, les femmes de ménage sont passées très tôt et ont utilisé leur balai-brosse avec beaucoup de zèle. Il fallait que tout soit nickel. Nous-mêmes, détenus, on nous a demandé de bien nous laver et nous habiller. Les couvertures, on les garde en temps normal plus d'un mois, elles nous démangent sans arrêt.

Elles sont en laine ces satanées grosses couvertures marron, bleues et autres couleurs plus ternes les unes que les autres. Lorsque Monsieur Nettoyage, un détenu, se décide à les laver, il ne faut surtout pas lui donner avec de beaux vêtements. Par exemple, l'une de mes trois vestes a mystérieusement disparu. Le jour où des détenus sont libérés, comme un rituel, on monte sur les lits et on leur dit au revoir. Lorsque Monsieur Nettoyage a été lui-même libéré, je l'ai vu partir avec ma veste sur lui ! Je ne pouvais rien faire, hormis crier après lui au travers des barreaux : « Rends-moi ma veste ! »

Pour cette visite, certaines se sont bien habillées, propres sur elles comme si tout allait bien, et d'autres jouent les rebelles. Bien entendu, je fais partie de ces dernières. Quand ces gens bien habillés arrivent, ils n'entrent même pas dans nos cellules. Ils se placent à la porte qui est restée fermée et regardent à travers les barreaux. Ils parlent en grec et nous saluent. Parmi eux, un traducteur s'exprime en anglais. Ils demandent combien on est, combien de temps on passe ici et si nous sommes bien traités. On a juste le temps de commencer nos phrases qu'on nous coupe. Une dame faisant partie de la délégation nous fait la promesse de revenir afin de mieux lui expliquer nos difficultés et nos problèmes. On ne l'a jamais revue. Ils font le tour de la prison puis s'en vont.

Des détenus entendent ce qui se dit à la sortie. Un haut responsable s'exprime devant les caméras en disant que les conditions de détention sont bonnes et les cellules propres. Les journalistes présents n'ont pas le droit d'entrer dans l'enceinte de la prison, ils ont pu seulement accéder à la cour.

Ce que les autorités disent à la télévision et ce que les détenus vivent, c'est différent.

Fylakio rend fou, il y a ce Nigérian qui ne supporte pas l'enfermement. Au bout de deux mois, il a pété les plombs et est devenu mentalement instable. Le matin, il ne mange pas. Malgré le froid, il reste tout nu. Il tape sur les murs matin, midi et soir. Tout ce que l'administration trouve à faire, et en particulier le docteur Miracle, c'est lui donner des somnifères. Les comprimés qu'on lui administre servent officiellement à le calmer, mais après les avoir pris, il peut dormir pendant deux jours. Lorsqu'il se réveille, il se remet dans le même état. Par moments, il se calme un peu, mais c'est rare.

Ça fait cinq mois que ça dure et malgré son état, ils ne le laissent pas sortir. Venue pour un client, une avocate, spécialisée dans les droits de l'homme, a vu ce détenu dans cet état ! Elle est arrivée au moment où il rampait au sol comme un serpent. On l'aperçoit souvent prendre cette étrange posture depuis notre cellule, qui donne sur l'allée. On en pleure de voir l'état dans lequel peut se mettre l'un des prisonniers. Nous ne pouvons rien faire pour lui et on se demande même parfois si on ne va pas finir comme ça, si sa folie n'est pas contagieuse. L'avocate a pris son dossier et a plaidé sa cause. C'est comme ça que le fou est sorti il n'y a pas longtemps, après avoir passé plus de six mois enfermé à Fylakio. Il s'est rendu à Athènes.

Depuis son départ, on demande souvent de ses nouvelles par téléphone à ceux qui vivent là-bas. D'après eux, il n'est plus aussi fou qu'à Fylakio, mais une chose est certaine, il n'a pas, non plus, toute sa tête.

Ceux qui l'ont connu avant et fait le voyage avec lui affirment que sa démence a commencé deux mois après son arrivée. C'est vraiment l'enfermement qui l'a rendu comme ça ! Parfois, il faut puiser la force en soi pour ne pas basculer – comme le Nigérian – dans la folie. Certains n'ont pas supporté et ont signé le retour… À plusieurs reprises, j'ai failli moi-même signer le déport et renoncer, mais je tiens toujours en pensant à ma famille. Je m'accroche comme je l'ai fait à l'aéroport de Yaoundé, dans le zodiaque durant la traversée de la Méditerranée et depuis des mois dans cette sordide cellule.

On se soutient entre filles et ça fait un bien fou. Et puis, je pense à mon père qui aurait aimé me voir réussir. Il m'accompagne, je le sens. Dans la cellule, en plus du titre de doyennes, on se surnomme « les sacrifiées de nos familles ». Comme mes codétenues, je suis chargée d'une mission, tous les espoirs reposent sur mes épaules. Si jamais j'échoue, je deviendrai la risée de tous ! Il faut dire que quand tu quittes ton pays, tu le fais toute seule, mais une fois que tu es partie, tout le monde est au courant, que ce soit dans le quartier ou même la ville tout entière. Et si jamais tu rentres sans avoir rien fait pour ta famille, tu es traitée de ratée, d'incapable, de vaurien ! La honte s'abat alors définitivement sur toi. Nous sommes condamnés à réussir.

22

L'argent pousse sur les arbres

On dépassa le portail à grandes enjambées pour ralentir ensuite dans le parking du fond. Hors d'haleine, elle mit ses mains sur ses genoux pour récupérer de ses efforts. Un peu de sport ne pouvait pas nous faire de mal.

— Tu sais que ceux qui partent ne peuvent pas échouer?

— Comment ça?

— C'est pour cette raison que bon nombre d'entre nous restent là où ils ont pu arriver et acceptent de vivre dans des conditions déplorables, que ce soit en France ou même dans un pays qu'ils n'avaient pas choisi au départ. Le pire, c'est que, quand leur situation s'améliore et qu'ils retournent pour les vacances dans leur pays d'origine, ils viennent nous faire croire qu'en Europe, tout est beau, tout est rose, mais la réalité est tout autre ! Pour ceux qui s'en sortent le mieux, quand tu rentres, tu es traité comme un dieu. Pour les familles restées au pays, rien ne peut expliquer l'échec. Lorsqu'un parent t'appelle et te demande de l'argent, ne lui dis pas que tu n'as rien pour lui, parce qu'ils croient qu'en Europe *l'argent pousse sur les arbres*.

J'avais beau écarquiller les sourcils et jouer l'étonné, pourquoi étais-je aussi surpris que cela? J'avais lu *Le Ventre de l'Atlantique* de Fatou Diome, roman dans lequel l'auteure décrivait le même genre de croyances au Sénégal avec « l'homme de Barbès »[42]. Elle reprit son récit comme si elle s'adressait à toute l'Afrique :

— Comprendront-ils un jour que la vie est aussi dure ici que là-bas et que nul n'est finalement mieux traité ailleurs que chez soi ? Il y a des familles qui s'endettent pour que l'un d'eux réussisse. Moi-même, j'étais endettée, je ne pouvais donc pas rentrer…

---

42 « Il distribuait des billets et des pacotilles *made in France*, que personne n'aurait échangées contre un bloc d'émeraude. Ici la friperie de Barbès vous donne un air d'importance et ça, ça n'a pas de prix. »

23

Bagarre

Marie, notre ange gardienne, a été mutée. Du fond de ma cellule je vis son départ comme un deuil. Elle est la seule à entrer ici, à s'asseoir avec nous et discuter. Au-dessus de nos photos que le capitaine nous a données et que l'on a collées au mur, on a inscrit son nom pour lui rendre hommage : « Marie, notre ange gardienne ».

Quant au capitaine Nikos, depuis qu'il a aperçu les messages collés sur les murs en l'honneur de Marie, il essaie de se racheter une conscience. Pour nous, c'est trop tard ! L'image d'un homme froid et indifférent à notre malheur restera à jamais gravée dans nos têtes.

Dans la cellule, parmi les Comoriennes, l'une d'elles est complètement dérangée. C'est la plus imposante des détenues. Elle en profite pour faire sa loi. Feignant tout le temps d'être malade, on la croit toujours agonisante. Ils l'ont transportée à l'hôpital à de nombreuses reprises et à chaque fois, quelques heures plus tard, elle réapparaît comme si rien ne s'est passé.

De bonne heure le matin, elle a l'habitude de chanter à tue-tête et met à fond le volume de la télé. Il y a déjà eu des tensions entre nous et l'orage ne peut qu'éclater tôt ou tard.

Alors que les Comoriennes et les Géorgiennes regardent un match de foot à la télévision, ne me sentant pas bien, je me mets à l'écart, bien décidée à dormir. À un moment donné, je leur demande de baisser le volume et d'arrêter de crier. Elles ne le font pas et continuent comme si de rien n'était. Je prends sur moi, mais je m'endors très énervée.

Ce matin, je me réveille en colère. Je commence par balayer et soudain une idée me vient, jouer avec le petit ballon de volley avec lequel on s'amuse souvent.

Je tape la balle du pied contre le mur. Réveillées, mes compagnes de cellule restent au lit comme nous le faisons d'habitude, parfois jusqu'à 10 heures.

Madame la Comorienne n'est pas contente, elle me demande d'arrêter de jouer. Je fais comme si je n'entends rien et continue à taper dans le ballon.

Elle me le demande une deuxième fois. Cette fois-ci, je crois que ça va barder, mais il est hors de question que je cède. Je la regarde bien droit dans les yeux comme si je la défiais et je recommence la même action. Le ballon tape le mur et revient. Ce n'est pas grand-chose *a priori*, mais je sais maintenant que ça la rend folle.

Je la vois se lever, elle paraît déterminée. Je me mets en position de défense. Je l'attends, ça fait longtemps qu'elle et moi on a envie d'en découdre, il ne peut y avoir deux lionnes dans une même cage. Elle va attraper le ballon ?

Ah, non, c'est moi qu'elle attrape !

Je la saisis par le cou comme si j'allais l'étrangler, j'y mets toute ma force. Je ressemble à un fil de fer face à un Goliath au féminin. Elle pense qu'elle peut massacrer n'importe qui dans la cellule. Beaucoup de filles ont peur d'elle, elle parle fort. Trop fort. Je la plaque au sol et j'appuie. Elle me mord la cuisse.

Je sens ses dents entrer dans ma chair, je n'ai pas tout de suite mal tellement je suis hors de moi, mais au bout de quelques secondes la douleur m'atteint dans mon corps tout entier. Je mets alors deux doigts dans ses narines pour qu'elle me lâche et elle cède, elle a mal et c'est comme ça que je parviens à dégager ma cuisse. Pendant ce temps, deux de ses sœurs comoriennes me tombent dessus, dont l'une me tient par le cou. Ça ne m'arrête pas, bien au contraire ! Dès que j'ai la possibilité de me libérer et alors qu'elle s'est assise sur le lit, je l'attrape à nouveau et la traîne au sol pour terminer ce que nous avons commencé. Comme les filles crient déjà depuis un moment « bagarre, bagarre ! », les policiers entrent dans la cellule. Ils me crient de la lâcher, ce que je ne fais pas. Un policier me donne alors un coup derrière la nuque et je lâche alors ma proie.

Je me rends compte que j'aurais pu la tuer, cette conne ! Tu accumules et au bout d'un moment, la goutte d'eau déborde du vase. Bien sûr, devant les policiers, elle veut me faire passer pour celle qui est à l'origine de tous les problèmes.

J'ai vraiment mal à la cuisse, on m'apporte de la glace, le temps qu'on l'interroge. Le médecin Miracle me demande si je veux aller à l'hôpital. Je lui réponds oui sans hésiter, parce que m'étant fait mordre, j'ai peur que la plaie s'infecte. Ils me disent d'attendre et m'emmènent dans la salle d'interrogatoire. Ils me questionnent sur ce qu'il s'est passé et si j'ai peur d'elle. Ils la connaissaient et savent que c'est un spécimen ingérable. Ils s'inquiètent et me demandent de savoir si ça se passe bien avec les autres filles. Il n'y a qu'avec elle que ça ne va pas et c'est ce que je leur fais comprendre.

Je veux changer de vêtements, mais je n'y arrive même pas. Je me rends menottée à l'hôpital avec l'uniforme des détenus. Ils me rangent dans la malle arrière de leur voiture comme un vulgaire bagage. Une fois arrivée, j'ai droit à une injection et après on me donne une tablette de dix comprimés pour la cicatrisation de la morsure.

Une fois rentrée, j'ai encore la haine ! Je vais devant elle et lui dis :

— C'est la première et la dernière fois que ça arrive. Il nous reste quelques semaines à faire, pendant ce temps je ne veux plus entendre le son de ta voix.

Je m'adresse ensuite à ses sœurs :

— La prochaine qui va encore me tenir pour que je me fasse taper par l'une d'entre vous, je m'occupe d'elle...

Il est tard maintenant, je suis épuisée et meurtrie dans ma chair, mais je crois qu'elles ont compris qui je suis. Je parle peu, mais il ne faut pas aller trop loin avec moi, j'ai droit au respect...

24

Tapis noir

Jusqu'à présent, je pensais que l'enfermement était réservé aux délinquants de droits communs et aux criminels. Mais non, les États, même les plus démocratiques, s'autorisent à priver de liberté les gens parce qu'ils sont entrés irrégulièrement sur leur territoire. Cette faute, si elle en est une, mérite-t-elle pour autant ce châtiment, tout en sachant qu'en France beaucoup de ceux qui enfreignent les lois ne connaissent pas la prison ou se voient aménager leur peine ? Et plus on a de l'argent, plus on peut éviter la prison, plus on peut se déplacer comme on veut. Tapis rouge et plage privée pour les émirs, tapis noir et cellule sale pour les sans-papiers.

Les migrants, eux, ont donc droit au cachot. Cette peine, ressentie comment une injustice, engendre des traumatismes psychologiques pour beaucoup d'entre eux. Elle m'avait parlé du « serpent » de Fylakio, cet homme devenu fou à cause de l'enfermement. Il n'en était que l'iceberg, les conséquences traumatiques ne pouvaient se mesurer qu'à long terme. D'ordinaire très calme, Jane me révéla qu'à certaines occasions et si on la poussait à bout, elle pouvait « exploser en plein vol ».

Je m'étais toujours demandé comment elle s'était fait cette cicatrice à la cuisse. Elle finit par me raconter l'épisode de la bagarre. Juste après son récit, un lourd silence se fit dans la pièce. Jusqu'à présent, je ne l'avais jamais vue vraiment en colère et encore moins violente. Je la connaissais douce, attentionnée, rarement énervée et je la regardais à présent bizarrement, ce qui la fit réagir…

— Je suis contre la violence, hein, ne va pas croire…

— Mais non, je sais bien…

— Si elle n'était pas tombée sur moi, je n'aurais rien fait !

Intérieurement, je me disais que je n'étais guère différent d'elle. Le volcan qui sommeillait en nous pouvait éclater à tout moment, sans crier gare. Aussi ne rajoutai-je rien. J'intégrai simplement en moi la face la plus sombre de sa personnalité. Nous en avons tous une que nous gérons plus ou moins bien selon les circonstances.

Le soleil se couchait, donnant une couleur rougeoyante au ciel tout autour. Quel que soit leur pays d'origine, les migrants avaient connu la souffrance et des épreuves plus difficiles les unes que les autres. La guerre pour certains, la faim, la soif, l'exploitation, le viol et surtout la prison pour tous…

25

Libération

Il y a peu, Zabra, mon supposé « mari », est revenu à la prison après avoir passé pratiquement deux mois à l'hôpital. Je ne m'attendais pas à ce qu'il réapparaisse. Nous pensions qu'ils le libéreraient directement. Le soir, alors que je suis allongée sur mon lit en train de regarder la télé, j'entends qu'on appelle mon prénom. Tandis qu'il se tient debout devant moi, je montre ma surprise ! Il me raconte qu'ils l'ont ramené dans la cellule des hommes, mais ne se sentant pas très bien dans sa peau, il a demandé à être à l'écart en isolement à cause de tout ce qu'il s'est raconté sur lui dans la prison. Cette cellule étant collée à la nôtre, les gardiens lui proposent de saluer « sa femme », de me faire un « coucou » en passant. J'essaie de lui remonter le moral en lui disant que ça arrive à tout le monde de tomber malade.

Les autres filles attendent de voir ma réaction à son égard. Si je le rejette, elles en feront de même. J'opte pour la bienveillance avec lui, elles deviennent compatissantes.

Il commence à se sentir mieux, bien que les trois premiers jours, il refuse quand même de sortir dans la cour. J'insiste pour qu'il le fasse :

— Il ne faut pas que tu montres que tu n'es pas bien sinon les autres vont en profiter pour t'enfoncer encore plus.

Depuis son retour et à sa grande surprise, les gens se comportent bien avec lui, bien que certains le regardent encore bizarrement. Il s'est de nouveau mêlé aux autres et on se dit que, peut-être, ils vont le libérer dans quelques jours. Vu les conditions dans lesquelles on est, son état peut très bien se dégrader à nouveau, mais non, jusqu'à aujourd'hui, ils le gardent !

Tout est si long dans cette prison. Après plusieurs entretiens concernant mon droit d'asile en Grèce, je sais qu'on va bientôt me remettre un papier me permettant de circuler dans ce pays.

Je dois dire que je me sens mieux et sais que mon tour va bientôt arriver. Je retrouve ma joie de vivre. Quand je me rends désormais dans la cour, je vois des paires d'yeux se porter sur moi, beaucoup d'hommes me regardent. Comme je suis grande et mince, forcément, ils me trouvent très jolie. Ils me font du rentre-dedans et ça, mon supposé « mari » ne le supporte pas, il est très jaloux. Je suis toujours choquée de son attitude, que croit-il ? Il n'y a rien entre nous !

La nuit dernière, je n'ai pas dormi, j'ai compté les heures. Ce matin, déjà debout à 6 heures, j'ai commencé à faire le ménage, j'ai tout lavé, tout rangé, mon lit aussi. J'ai empilé mes vêtements depuis la veille. Nous sommes trois filles, dont celle avec qui je me suis bagarrée, à sortir aujourd'hui. Oui, c'est le grand jour, ça me fait drôle de penser que je vais sortir de cet enfer ! Je ne réalise pas. Six mois, six mois que j'attends ça !

Je ressens un mélange de joie, de haine, de peine pour les autres qui m'ont dit que j'allais leur manquer. Le midi, mon poulet, je l'ai remis à une des Géorgiennes en guise d'au revoir. Je suis si impatiente.

Le capitaine Nikos, arrivé dans l'après-midi, est le seul à remettre les autorisations de sortie. Il nous fait quand même poireauter deux heures, ce salaud. Il fait l'appel et nous demande de signer des papiers. Cette fois-ci, aucune hésitation. On récupère nos sacs dans le préfabriqué. Un policier tente une dernière fois de savoir la vérité sur ma relation supposée avec « mon mari »…

— Pourquoi ? lui ai-je demandé.
— Tu sais de quoi il souffre ?
— Non.

Il me dit :
— Je ne crois pas que ce soit ton mari.

Ils s'en doutent tous, évidemment.

Aujourd'hui, Zabra, le gros jaloux, sort en même temps que moi.

Je le traverse ce putain de portail ! J'ai des larmes de joie qui inondent mon visage. Comme une renaissance, je vais reprendre le cours de ma vie. J'ai tenu six mois. C'est un peu comme Kondengi[43] chez moi au Cameroun, la grande prison…

Dorénavant, rien ne pourra me renverser. Je viens de vivre l'une des pires épreuves de ma vie !

---

43   Prison principale de Yaoundé où les conditions de vie sont très dégradées. Dans un article du 15 février 2017, le journal *Le Monde* titrait ainsi « À la prison de Yaoundé, les chanceux dorment assis, les autres debout. »

26

Pensées vagabondes

Les beaux jours arrivaient et Jane montait allégrement les pentes de la Bastille. Elle n'eut besoin ce jour-là que d'une seule pause à mi-chemin, puis son sourire rayonna lorsqu'elle arriva au bout des nombreuses marches menant en haut du fort. Jane, prête à escalader les Alpes, contemplait la ville qui exhibait pour elle ses plus beaux atours. Les courbes chaloupées de l'Isère serpentaient à travers les rues. Les immeubles très nombreux s'épaulaient, laissant quelques interstices pour le parc Mistral, le stade des Alpes et quelques autres espaces récréatifs. On ne s'attaquerait pas tout de suite à la Croix de Belledonne[44], mais le Vercors situé sur sa droite pouvait constituer une belle aire de jeux.

La descente de la Bastille se déroula dans l'allégresse. On se promit de remonter ses marches régulièrement.

Le plateau du Vercors comportait des centaines de randonnées et quelques jours plus tard, on commença par l'une des plus faciles, la « Molière », une authentique montagne à vaches. Ces dernières, nombreuses, nous donnaient l'occasion de faire de belles photos. Le paysage angélique attirait des touristes de tout le pays, essentiellement des familles à la recherche d'air pur et

---

44 Troisième point culminant du massif de Belledonne avec ses 2 926 m, un classique pour tout randonneur chevronné.

de tranquillité. Le massif fut également un haut lieu de la Résistance pendant la Seconde Guerre mondiale contre l'occupation allemande et les traîtres vichyssois.

La deuxième balade, qui démarrait à quelques kilomètres de là, fut un peu plus difficile et surtout plus longue. À ma grande surprise, Jane ne protesta que rarement durant les treize kilomètres de randonnée. Pendant la troisième session, elle marcha même en tête et faillit presque me semer au détour d'un chemin. Gravir une montagne, c'était pour elle comme franchir les obstacles qui barraient la route du bonheur. Et en cela, elle devenait une vraie gagneuse. En quoi était-elle différente d'une citoyenne lambda ? Elle s'indignait autant que moi devant les incivilités du quotidien, les faits divers et les attentats.

Comme devant une pente à forte déclivité, il fallait se battre contre le monde entier, tant les événements qui se succédaient nuisaient à l'image des migrants. Paris, Saint-Étienne-du-Rouvray, Nice, Londres, Berlin et tant d'autres scènes d'attentats jetaient l'opprobre sur les migrants et toutes les minorités. L'opinion, les médias et les politiques, démagogues ou déconnectés de la réalité, découvraient à la fois que les frontières de l'Europe, poreuses, laissaient passer un flot toujours plus important de migrants et affirmaient qu'il fallait les fermer pour éviter de nouveaux attentats. Mais d'où venait le problème, au fond ? La plupart des terroristes étaient nés et avaient grandi en Europe, or la secte islamiste[45] s'appuyait sur les faiblesses de nos démocraties et la montée inéluctable de la société hyper consommatrice. Rien à voir avec les migrants. En France, la construction de

---

45 J'entends par là le mouvement Daech et non pas la religion dans son ensemble.

grands quartiers où l'on regroupa au fur et à mesure les plus pauvres eut comme résultante la formation d'une idéologie communautariste fascisante, des jeunes déracinés parfois aussi intolérants que les « Français » les plus racistes. Le cercle vicieux se mettait en place. Plus certains adolescents se braquaient contre l'État, ses policiers, enseignants, médecins ou chauffeurs de bus, plus l'opinion devenait perméable aux idées lepénistes.

En tant qu'enseignant, je voyais s'éloigner les générations sensibilisées comme la mienne à la *Shoah*. Celle-ci paraissait tellement loin, les résistants de la Seconde Guerre mondiale ne venaient plus témoigner, trop vieux ou déjà passés dans l'au-delà. Il ne restait que la parole du professeur. Le dieu Internet remettait tout en cause, ou du moins certains profiteurs comme les Dieudonné, Soral et autres fossoyeurs de l'Histoire s'en donnaient à cœur joie pour répandre leur haine et leurs thèses complotistes. Les religieux fanatiques et une certaine partie de la population pointaient du doigt les Juifs, accusés de « génocide » contre les Palestiniens et responsables de tous les maux possibles. Ils ne distinguaient pas la religion d'une personne avec les actions d'un État et de ses dirigeants politiques. Les jeunes consciences se trouvaient menacées par les manipulations de tout ordre, je fus stupéfait lorsqu'à la suite des attentats de *Charlie Hebdo* et à l'occasion de la fameuse minute de silence, beaucoup d'élèves m'affirmaient que le 11 septembre était un complot, eux qui étaient encore dans leur poussette lorsque cet événement était survenu. Qu'avait-on mis dans leur cerveau ? Tout était sali, les idées les plus aberrantes pouvaient être validées, la schizophrénie collective, dont souffraient nos sociétés, rendait tout possible. Un milliardaire misogyne, ignorant et raciste devint même président du pays le plus puissant de la planète. Les migrants, montrés du doigt, constituaient alors une cible facile.

Jane se confiait chaque jour un peu plus sur sa sortie de l'enfer de Fylakio. Son récit m'avait ramené une nouvelle fois presque vingt ans plus tôt et, toutes proportions gardées, lors de mon séjour obligatoire au service militaire à Besançon. Ce mélange d'émotions, la joie d'en finir, du soulagement, de la rage et puis bizarrement de la tristesse. Comme une sensation de finitude. J'avais lu toute la détresse dans les yeux de mes camarades restés dans le bureau que j'avais occupé pendant des mois. J'avais connu ce sentiment qui vous déchirait les tripes d'en voir partir d'autres avant nous et de se sentir abandonné. C'était le genre d'épreuve qui créait des liens inaliénables et indéfectibles à de rares exceptions près[46].

---

46 Voir *Le Dernier de Service*, Éditions Persée, 2008.

27

L'interminable marche

Sitôt sortis de prison, nous prenons le bus pour Thessalonique en direction de la Macédoine. Pas la peine d'aller à Athènes, on prend le chemin le plus court pour quitter ce pays. Cinq Noirs et un Irakien dans la rue, ça ne passe pas inaperçu. Tout de suite, des policiers nous demandent nos papiers. Ils s'aperçoivent qu'on sort de Fylakio, alors ils nous laissent continuer notre chemin. On achète ensuite des billets de train à la gare.

À Thessalonique, nous n'avons nulle part où dormir. Le Comorien a le numéro d'un passeur. Ce dernier nous donne rendez-vous à un arrêt de bus. Il apparaît au bout de trente minutes, ayant sans doute pris le temps de vérifier que ce n'était pas un piège. Il nous emmène ensuite dans un appartement qu'il réserve à ses « clients ». De nombreux matelas ornent les deux chambres. Meublé, le logement comporte une douche et tout le confort nécessaire.

Le prix du transport revient à 150 euros par personne. Comme mes autres compagnons, je suis pressée de recommencer une nouvelle vie, avide de liberté, je ne veux plus perdre un seul instant !

Nous attendons des Congolais qui doivent faire le convoi avec nous sauf qu'ils sont encore à Athènes. Ils arrivent dans quelques jours. Une de leurs compatriotes se trouve déjà sur place avec son enfant. Le lendemain on sort, on commande à manger dans un restaurant, c'est si bon ! Cela change tellement des plats de Fylakio ! Les aliments prennent une saveur particulière comme nulle autre pareille, celle de la liberté. Un autre passeur nous repère, vient vers nous et commence à nous parler. On lui demande quand il peut nous emmener, il nous dit que si nous lui donnons 300 euros, on part demain. C'est cher, mais on accepte. On rentre et le jour d'après, nous sommes de nouveau sur les routes. On retrouve le passeur, il nous fait vider les sacs, car il faut marcher pendant des heures. Je prends le strict minimum, laisse des vêtements et des produits de beauté. On achète de l'eau et on est partis. Nous commençons un véritable périple : une première marche d'au moins deux heures, puis un trajet en voiture[47]. Nous marchons encore dans de petites rues pour éviter la police. C'est interminable.

Nous arrivons finalement dans une grande gare routière. Il faut payer les tickets de bus, mais de façon discrète. Le passeur lui-même en paie deux, Zabra également et nous avons comme consigne de ne pas nous asseoir au même endroit. Nous communiquons par gestes. Ce trajet dure environ une heure trente. Une fois arrivés au terminus, on s'engouffre dans des taxis privés[48] qui savent que les migrants passent par là.

Le deal, c'est que le passeur nous fasse franchir la frontière de la Macédoine. Pendant trois quarts d'heure, le taxi roule sur de petites routes cahotantes. Il nous conduit jusqu'à un lieu où nous retrouvons des « voyageurs » venus de tous les pays. Nous marchons encore et nous arrivons à une sorte de pont. Les voitures de police

---

47 Un taxi non habilité, dont le travail est non déclaré, assez fréquent dans les pays du Sud et de l'Est de l'Europe.

48 Idem.

font la ronde sur l'axe principal toutes les dix minutes. Nous sommes en contrebas, couchés au sol. Le passeur regarde si l'on peut traverser la route sans être vus. Après le passage d'une patrouille, il hurle :

— C'est le moment, sprintez, dépêchez-vous avant que la voiture ne revienne ! Allez !

On gravit la butte à toute vitesse, traverse la route puis on redescend à temps avant le passage d'une voiture de police. Je me dis alors que la chance tourne en ma faveur et que le voyage va bien se poursuivre. De ce côté-là, il y a du monde partout, on dirait un marché avec tout autour de nous des champs. Il doit être proche de minuit. Mais ce n'est pas fini ! Le passeur nous donne des codes gestuels pour la suite du parcours. Dès qu'il lève la main, on s'arrête. La main baissée, il faut ramper, le bras tendu, ça veut dire avancer. Dans notre marche, nous croisons en sens inverse d'autres candidats au départ. Ils nous mettent en garde.

— C'est bloqué, la police est partout !

Au loin, j'entends les gens crier, peut-être même se font-ils frapper. J'imagine les pires horreurs. Nous courons pour rebrousser chemin au cas où. Le passeur nous amène dans l'une de ses cachettes où nous allons passer la nuit. J'ai heureusement avec moi le sac de couchage que l'on m'a donné à Fylakio. Je dors seulement deux heures, mais je ne me plains pas. Je suis comme mue par une force surhumaine, l'espoir indicible de parvenir à destination.

Comprenant que nous ne pourrons pas franchir la frontière à pied, il nous emmène à la gare. La police macédonienne, alignée de l'autre côté des voies, nous barre le passage. Même notre guide commence à désespérer. En colère, il se retire le temps de réfléchir dans un café proche de la gare. On attend toute la journée. D'autres convois de « voyageurs » ne cessent d'arriver ! On dort là, à espérer que les policiers nous laissent passer comme les quelques familles qui peuvent le faire de temps à autre. Un dialogue s'établit avec eux, mais sans dépasser la borne matérialisant la frontière.

Le lendemain, tout ce que le passeur a trouvé comme solution, c'est de nous proposer de monter dans le train en marche !

C'est de la folie ! Je lui dis que c'est hors de question, que j'ai trop peur. Je ne suis pas la seule à le penser. Il nous propose une autre solution :

— Vous allez attendre que le train s'arrête. Une fois que les passagers seront montés, vous grimperez entre deux wagons.

Nous acceptons, mais à notre première tentative, ça ne marche pas, les policiers nous aperçoivent. Nous prenons la fuite et c'est comme ça que nous loupons le premier train.

Sur le quai, alors que mon estomac s'impatiente, un bon samaritain gare sa voiture et propose à manger aux personnes qui sont là, en priorité les femmes et les enfants. Parmi nous, une femme a un bébé, je le lui emprunte et je pars en courant dans sa direction en criant « I have baby, I have baby ! »[49]

Il me donne de l'eau, des morceaux de pain, des lingettes, des couches que je remets à la mère de l'enfant. Nous partageons la nourriture et l'eau.

Lors de la seconde tentative, nous parvenons à monter entre deux wagons. Certains passagers nous remarquent et commencent à nous filmer avec leur téléphone portable ! Ils vont nous faire repérer ! Je m'agrippe bien, les

---

49 J'ai un bébé !

questions affluent, dont la plus importante : ne vais-je pas tomber à même la voie et me fracasser sur les rails ?

Au bout de quelques minutes, le train démarre.

On passe maintenant devant la police grecque, ils ne peuvent rien faire. Leurs collègues macédoniens, choqués de nous voir assis entre les wagons, sont aussi désarmés par nos sourires.

Nous sommes des fugitifs !

D'un geste de la main on dit au revoir aux policiers.

Quel soulagement de quitter ce pays qui m'a enfermée et tant fait souffrir ! Adieu la Grèce, je ne reviendrai pas de sitôt !

28

Jeu de dupes

Quelques minutes plus tard, le train s'arrête cette fois-ci en Macédoine. Ici, je n'ai pas besoin de me cacher, car je me rends compte que tout le monde s'enregistre tranquillement.

Ils nous remettent un papier juste pour pouvoir acheter un nouveau ticket de train et nous encouragent à partir vite fait…

Dans cette gare noire de monde, les familles sont prioritaires. J'attends une demi-journée en plein soleil. Finalement vers 15 heures, j'achète un billet qui coûte le double de son prix initial, mais je n'ai pas le choix. Je ne râle pas, tout ce que je veux, c'est partir d'ici !

Le train va en direction de la frontière entre la Macédoine et la Serbie.

Je me retrouve avec des gens dynamiques et c'est une bonne chose. Une fois à l'intérieur, on se retrouve serrés comme des sardines dans une cabine où on ne peut pas tous s'asseoir. Alors, on permute entre nous pour avoir ce privilège.

Le voyage s'effectue de nuit. Le train s'arrête, mais pas nous. Il va falloir marcher encore au moins deux heures pour atteindre la frontière. Je ne distingue rien, mais il y a tant de monde que je n'ai qu'à suivre la foule.

Les policiers macédoniens montrent eux-mêmes, depuis la gare, le chemin à prendre. Tous les « voyageurs » sont réunis en ce lieu : Syriens, Irakiens, Algériens, Africains… La marche est interminable, au moins quatre heures sans s'arrêter. On se rend compte qu'on arrive à proximité de la frontière parce que la police forme un mur pour nous empêcher de passer. Ils projettent un flot de lumière sur nous ! Ils nous ont certainement entendus, des centaines de personnes qui parlent et qui chantent, forcément ça ne passe pas inaperçu ! On s'arrête alors et ils commencent à nous parler à travers des haut-parleurs :

— Stop, n'avancez plus !

On ne sait pas trop quoi faire ni où aller ; en arrière ?

L'un de mes compagnons s'exclame :

— Non, on ne bouge pas, on va rester là, vous allez nous laisser passer parce qu'on n'a pas fait tout ce chemin pour rien !

Les policiers campent sur leur position. Certains d'entre nous entendent la voix de la sagesse et proposent de trouver un autre passage. Telle une petite armée, nous nous replions stratégiquement. Nous voyons les lumières serbes de l'autre côté. Le parcours n'est pas facile. Il faut parfois se faire un chemin au milieu de la forêt, couper des branches d'arbre. Ce qui est impressionnant, c'est que plusieurs « voyageurs » ont le matériel sur eux, des machettes et même des pinces-monseigneur pour découper les grillages !

Ces hommes, qui se sont autoproclamés chefs, nous demandent de former deux longs rangs et ne laissent personne à l'écart. Au passage d'une borne, je comprends que nous avons franchi la frontière.

À peine avons-nous trouvé un coin pour nous reposer que nous voyons des phares se rapprocher. C'est la police ! Elle nous regroupe et nous dit, en nous montrant le sens opposé :

— Vous vous êtes trompés de côté, vous êtes du côté macédonien et si vous voulez aller du côté serbe, c'est dans cette direction !

Mes compagnons et moi-même trouvons ça bizarre. Nous leur disons :

— Mais attendez, votre uniforme n'est pas le même que celui qu'on a vu tout à l'heure côté macédonien !

Le drapeau serbe orne leur tenue. Nul doute qu'ils veulent nous faire retourner en Macédoine !

Nous restons là et couchons à même le sol sur le goudron. J'ai seulement mes vêtements sur moi. Il fait un froid de canard et nous sommes obligés de nous coller les uns aux autres pour nous réchauffer. Les policiers, déterminés, dorment dans leur voiture en laissant bien leurs phares allumés dans notre direction.

Le matin à 6 heures, d'autres voitures de police arrivent en renfort et là c'est autre chose ! Ils nous menacent de nous renvoyer côté macédonien. On ne bouge pas. Les femmes font pleurer les enfants pour les émouvoir, mais ce stratagème ne fonctionne pas.

Escortés par la police, on accepte de faire marche arrière, on suit la file. En compagnie de Zabra, nous nous mêlons à un groupe d'Ivoiriens et restons groupés. Certains s'échappent de part et d'autre en courant. De nombreux chemins préexistants peuvent le permettre.

L'un de nous affirme à un policier être somalien. Pris de pitié, il nous indique une direction à suivre. Nous ralentissons notre marche pour nous retrouver en fin de file et quittons discrètement le convoi en faisant très attention, car des policiers vadrouillent un peu partout.

Je rampe encore. J'aperçois la ville en contrebas. Je suis déterminée à y arriver, même si je dois faire le lézard sur des dizaines de kilomètres. Il va falloir trouver une nouvelle gare pour poursuivre notre chemin…

29

Marathon

Le paysage défilait lentement. On souffle, on respire. Efforts soutenus de la matinée à travers les ruelles et les pavillons plus ou moins cossus. Le parcours, assez plat, passe le long d'une colline.

Jane courait de plus en plus vite. Au début, la première séance fut plus que poussive, un quart d'heure de course lente avec une récupération difficile, la tête tournait. Mais, petit à petit, celle qui avait esquivé la plupart des cours d'éducation physique et sportive au lycée prit plaisir à la course à pied. Son endurance et sa vitesse s'améliorèrent progressivement. J'avais un passé de coureur de fond et je fus surpris des progrès qu'elle réalisa. On atteignit les trente minutes puis les quarante-cinq et même l'heure. On gagna deux kilomètres à l'heure de moyenne, passant de sept à neuf ! D'un parcours complètement plat, on passa au franchissement de ponts, de petites côtes et de marches d'escalier. En même temps qu'elle accomplissait ces énormes progrès, Jane éprouvait le besoin de faire du sport pour se sentir mieux. Peut-être qu'un jour prochain, on s'alignerait ensemble sur une course de dix kilomètres. Pour le marathon, il faudrait encore attendre un peu…

Depuis son départ du Cameroun, elle était devenue très fine, ne gardant presque que la peau sur les os. Son voyage au long cours sur les routes et son séjour en prison l'avaient affinée. Depuis, elle avait repris du poids, mais tout en restant la plus magnifique des femmes. Les quelques kilos gagnés enjolivaient simplement ses courbes. Elle craignait d'en prendre trop et l'effort physique constituait la solution la plus efficace pour rester à un poids raisonnable.

Revenus à notre point de départ, la séance d'étirements commença. Je voulus connaître la suite de son parcours.

— Finalement, le sport, ce n'est pas si dur que ça pour toi. Tu as dû parcourir de nombreux kilomètres à pied lors de ton périple ? Je me trompe ?

— C'est possible. J'ai beaucoup marché pendant cette période-là, énormément même…

Elle ne me raconta rien de plus à ce moment-là. Toujours cette retenue, cette pudeur qu'elle avait sur son parcours. Raconter son aventure ne va pas de soi. Il fallait qu'elle se trouve dans de bonnes dispositions pour se livrer sur la période la plus épique de son existence. Peut-être aussi avait-elle besoin de souffler à ce moment-là et de garder encore pour elle une partie de son histoire. Je n'insistai pas et ne la forçai pas à s'épancher davantage. Cela viendrait naturellement plus tard.

30

Espace Schengen

En Serbie, les gens nous regardent bizarrement. Si ça se trouve, c'est la première fois qu'ils voient des Noirs. On ne sait pas trop ce qu'ils pensent.

Je commence vraiment à me sentir fatiguée. Physiquement et mentalement. J'ai mal aux pieds, j'ai faim, je me demande si je vais y arriver. Parfois, nous avons besoin d'une pause. Du pain, un peu d'eau et ça repart ! En même temps, il faut bien continuer, je ne peux pas m'arrêter là !

Pour Zabra qui est convalescent, c'est encore plus dur. Malade, il est à la peine. Je l'encourage sans cesse. Certes, ce n'est pas mon mari, mais nous sommes tous solidaires. Nous sommes devenus frères et sœurs jetés sur les routes pour trouver un monde meilleur. Seule la mer pouvait nous arrêter, elle ne l'a pas fait.

Certains habitants sont très aimables et nous proposent de l'eau ou à manger. C'est la preuve qu'il y a de bonnes personnes dans tous les pays. En début d'après-midi, nous arrivons dans une sorte de camp de réfugiés. La file d'attente pour se faire enregistrer s'étend sur une centaine de mètres. Visiblement, il fallait arriver très tôt, ce qui n'est pas notre cas. Des tentes sont installées, ce qui va nous donner au moins la possibilité de dormir le soir au sec. Par contre, il n'y a pas de toilettes ni de douches.

Le lendemain matin, dès 5 heures, nous nous mettons en rang pour nous faire enregistrer. Là-bas, je n'ai pas donné ma vraie identité. Quelqu'un m'a dit que ce n'est pas la peine, vu que ce territoire est hors Schengen. J'utilise à nouveau le nom qui m'a porté chance en Turquie, Laury Maria.

Le jour suivant, nous repartons en direction de la gare et prenons un ticket pour embarquer dans un train qui va nous conduire à la frontière hongroise. Un retard est causé par des « voyageurs » qui ne se sont pas fait enregistrer et qui – conséquence logique – ont été exclus du train. On fait six heures de trajet pour arriver à destination.

Lorsque l'on fait ce voyage, on développe un esprit de croyance et de solidarité. On prie souvent ensemble. Au fur et à mesure des rencontres, on se regroupe jusqu'à être une vingtaine. Parmi nous, quelqu'un a le numéro d'un passeur. Sur le quai, l'un de nous discute avec celui qui doit nous faire traverser la frontière. Ça se passe mal, il demande trop d'argent. On en cherche d'autres. Beaucoup de chauffeurs garés tout autour nous ont repérés. Le premier d'entre eux demande 400 euros, le deuxième 200 euros. On accepte, il doit nous déposer au point d'accès pour se rendre en Hongrie. Il nous dépose cinq cents mètres plus loin ! Une vraie arnaque, mais on n'ose rien dire.

Il nous montre quand même la bonne direction. Nous suivons le mouvement, nous sommes des centaines, peut-être même des milliers ! Nous ne prenons pas tous la même direction, je me retrouve avec sept autres personnes dont Zabra.

À proximité de la frontière, un Serbe nous demande 50 euros pour nous montrer le chemin à prendre, mais nous savons que nous sommes tout proches et que nous n'avons pas besoin de lui. Cette fois-ci, nous n'allons pas nous faire arnaquer ! Je suis épuisée, nous voyageons toute la nuit sans dormir à aucun moment. Malgré tout, il faut bien continuer de marcher. Parfois, on se retrouve dans des champs au milieu de nulle part. Certains paysans nous montrent même la voie. Nous passons à proximité des maisons et les Serbes nous indiquent volontiers la direction. Ils ne sont pas agressifs, en même temps, on ne va pas habiter chez eux, alors…

Le dernier Serbe que l'on voit nous indique que l'on se trouve à dix minutes à peine de la frontière. Il faut encore traverser la route et des barbelés. La chance que nous avons, c'est que certains sont déjà passés par là et les ont sectionnés. Pour traverser la route, nous prenons un gros temps de réflexion, nous ne savons pas si elle est surveillée ou pas.

L'un de nous se lance, le plus courageux. Ça y est, il nous fait signe, nous courons dans tous les sens sans même regarder si une voiture arrive ! Une fois de l'autre côté, il n'y a plus de maison autour de nous, juste une grande forêt.

Dire que la séparation entre la Serbie et la Hongrie ne tient qu'à une borne ! Je la vois au bout de quelques minutes. Je m'exclame alors qu'on doit être du bon côté si on la traverse. Nous mettons les GPS en marche et en avons la confirmation.

La Hongrie, c'est l'espace Schengen et donc l'Union européenne !

Nos tracasseries sont finies, c'est sûr ! Au pire, nous allons tomber sur un camp ouvert.

Nous marchons encore et toujours et finissons par entrer dans un village.

Derrière leurs rideaux, des gens nous observent.

À la sortie d'un chemin, deux voitures de police nous attendent, une de chaque côté. De toute façon, ça nous arrange, on ne peut pas se balader indéfiniment sans papiers. Ils nous font asseoir au sol, nous proposent de l'eau et du pain. C'est déjà ça.

Ensuite, ils nous demandent nos noms. Chacun se présente en précisant sa nationalité et on finit par embarquer dans un fourgon. À l'intérieur, on retrouve beaucoup de ceux qui ont fait la route avec nous.

31

Proies

Avec tout ce qu'elle m'a raconté sur les différents passeurs rencontrés au cours de son périple, je n'en vois aucun d'honnête. Un passeur honnête, ça ne doit pas exister. Certes, on peut distinguer ceux qui vous amènent à bon port de ceux qui vous laissent en mer, ceux qui vous indiquent la bonne direction, de ceux qui prennent l'argent sans aucun risque grâce à une simple duperie. Commerce inique et juteux, le migrant, simple marchandise, peut être le client, le pigeon, la victime ou les trois à la fois.

Nous regardions la télévision et son chapelet de nouvelles les plus horribles les unes que les autres. À l'occasion d'un reportage sur les migrants, je ne pus m'empêcher de faire une réflexion :

— Tu as bien fait de ne pas prendre le camion frigorifique !

Elle comprit à quoi je faisais allusion. Quelques semaines après son arrivée en France, soixante et onze migrants furent retrouvés morts dans un camion en Autriche. Entassés les uns sur les autres sans ventilation ni possibilité d'ouvrir de l'intérieur, ces migrants furent les victimes de l'amateurisme, de la bêtise et de l'appât du gain d'une filière de Bulgares[50].

Plus je réfléchissais et plus je me disais que Jane s'en était bien sortie. Les migrants constituaient des proies faciles. Tels des loups, les passeurs pouvaient facilement leur soutirer de l'argent.

En quête d'une vie meilleure, certains n'atteindraient jamais la Méditerranée, stoppés dans leur élan par d'ignobles bourreaux. Fragile, le voyageur clandestin pouvait se faire enfermer illégalement par des geôliers libyens, légalement par les États européens.

Des rumeurs circulaient sur le fait que des migrants avaient été capturés et retenus prisonniers en Libye. Les familles restées au pays donnaient leurs dernières économies pour qu'ils soient libérés. Puis, il y eut des images à la télévision d'hommes et de femmes enchaînés, vendus comme du simple bétail. L'esclavage connaissait une nouvelle recrudescence à cause d'une hausse des migrations Sud-Nord et de la déstabilisation politique d'un pays. Ce n'était pas la loi d'une religion, mais celle de l'appât du gain combiné à la bêtise.

La chance voulut que Jane ne passe pas par là. Elle avait déjà beaucoup souffert sans que s'ajoutent des épreuves supplémentaires.

---

50 Selon le journal *Le Temps*, « Camion de la mort, la filière bulgare », article du 30 août 2015.

32

Hongrie

Le fourgon s'arrête dans un coin isolé. On se retrouve dans un camp qui paraît immense. Des lits sont disséminés partout dans une grande salle, remplie de « voyageurs », sans coin spécifique pour les femmes. Tout d'abord, ils nous installent sous tente à l'extérieur, puis nous donnent un bracelet autour du poignet. On n'a pas le droit de l'enlever, chacun a une couleur et un numéro.

Il faut redonner son nom et les raisons pour lesquelles nous sommes là. Les démarches habituelles, plus rien ne me surprend. C'est devenu la routine. Par chance, entre-temps, des lits se sont libérés et nous avons pu passer notre première nuit au chaud.

Le lendemain matin, j'ai envie de faire mes besoins. Il y a bien des toilettes mobiles, mais elles sont dégueulasses à tel point que j'en pars aussitôt avec l'envie de vomir.

C'est choquant de voir qu'ils nous lancent la nourriture comme à des animaux, un pain par personne pour toute une journée et une petite bouteille d'eau.

En fin d'après-midi, je ne suis pas mécontente de quitter ce camp pour un autre plus petit. Après deux heures de trajet et trois quarts d'heure en cellule, une personne d'origine africaine fait l'appel et nous prend en entretien individuel. Je lui donne les raisons pour lesquelles je suis partie du Cameroun. Il ne me croit pas !

— T'es sûre, on va vérifier, si tu nous as menti, on va te renvoyer dans ton pays !

Il ne s'est pas présenté, je ne sais pas qui il est. Je le trouve vraiment impoli. Il me demande si je souhaite demander l'asile, je hoche la tête d'une manière négative.

— Tu es sûre, vraiment ?

En fait, ils ne nous laissent pas le choix.

— Si tu ne signes pas l'asile, on va te renvoyer. C'est un conseil, je te dis les choses…

Auparavant, j'ai prévenu Zabra que je ne voulais plus qu'on déclare être en couple. Je ne souhaitais pas revivre le calvaire enduré en Grèce, le fait d'être stigmatisée à cause de sa maladie. Il a accepté et déclaré qu'il était seul et malade, chose qu'il n'avait pas faite en Grèce.

Il est dans un sale état, le voyage a été particulièrement pénible pour lui. Bonne nouvelle toutefois, ils le prennent en charge et le laissent partir peu de temps après.

Il a juste le temps de récupérer ses affaires sans pouvoir me dire au revoir. À la sortie de mon interrogatoire, j'apprends qu'il est parti ! C'était mon pilier, on a fait tout le voyage ensemble ! Je m'effondre, je ne sais pas comment je vais continuer le voyage sans lui.

Seule Camerounaise au milieu des Ivoiriens et des Congolais, je suis perdue et démunie. Au bout de deux jours, mal en point et déprimée, on nous a transférés dans un troisième camp.

Celui-ci est grand, fermé, pas du tout accueillant. Un mur de barbelés nous empêche de sortir. On peut se balader seulement à l'intérieur de l'enceinte. C'est en pleine campagne. Ils nous informent que l'on doit faire les démarches administratives ici, faire la demande d'asile obligatoire et prendre nos empreintes électroniques.

Nous avons du pain, de l'eau, rien de cuisiné, que des sandwiches. La seule façon de varier notre alimentation, c'est de se rendre dans une salle où ils vendent du café et des biscuits. Les toilettes sont sales, puantes. On est obligés de se laver malgré la saleté.

Je me lie d'amitié avec un groupe d'Ivoiriens. Nous partageons la même tente sans qu'il y ait d'ambiguïté entre les garçons et moi. Aucun d'eux n'a eu des gestes déplacés.

Trois jours passent. Ils nous remettent un laissez-passer, nous pouvons quitter cet endroit. Je suis soulagée, mais je ne veux pas faire la route toute seule. Je continue le trajet avec mes nouveaux amis.

Deux responsables du camp s'assurent que le bus nous dépose à la gare. Ils nous souhaitent « Bonne chance ».

Sortis du bus, notre « mission » consiste à nous rendre au quatrième camp, celui de Debrecen, mais comment, on ne nous l'a pas dit !

Sur le quai, des associations humanitaires nous repèrent rapidement. Ils viennent vers nous en nous demandant si on a faim, la réponse est évidente.

Ils nous donnent alors à manger et à boire. Une femme vient me demander si j'ai besoin d'une paire de chaussures. Les miennes, en mauvais état, font peine à voir. Je prends quelques vêtements chauds, je n'en ai plus, vu qu'il a fallu tout jeter avant de prendre le train en Grèce. Nous leur demandons aussi comment faire pour aller à Debrecen. Ils nous indiquent la procédure.

Au guichet, je prends un ticket qu'on obtient uniquement en montrant nos laissez-passer. Certains qui nous ont accompagnés jusque-là prennent la fuite. Moi non, car j'ai entendu dire que si on ne passe pas par ce camp et qu'on se fait arrêter sans carte d'identité, on prend automatiquement six mois de prison. Avec le laissez-passer et la carte, au pire on passe quatorze jours dans un camp fermé, le calcul est vite fait ! Je ne veux pas d'un autre séjour en prison. Être de nouveau enfermée, ce n'est absolument pas concevable pour moi.

Une fois à l'intérieur, le bruit du train me berce. De toute façon, je peux m'endormir, Debrecen est le terminus. Mes yeux se ferment alors que mes compagnons chuchotent entre eux. Mon père me parle sans que je distingue exactement ce qu'il dit. Ça ne dure pas longtemps.

À l'arrivée, en pleine nuit, tout le monde doit passer par une salle commune. Il n'y a plus de place pour dormir, alors je me couche à même le sol.

Le lendemain, ce qui me frappe d'entrée, c'est le manque d'amabilité entre les « voyageurs ».

Ce camp-là se trouve en pleine ville, il s'agit d'un quartier à lui tout seul. Nous pouvons sortir quand nous le souhaitons, toute la journée même, mais nous n'avons pas le droit d'aller trop loin. Ici, autant les gens arrivent, autant ils partent. Des visages me sont familiers, je les ai tous connus en Turquie.

Si nous sommes libres, on ne peut pas dire que le camp soit propre, on doit faire le ménage nous-mêmes. Nous avons deux repas par jour. Au moins, il est fait, paraît-il, par des prisonniers. Partout où je vais, des hommes s'intéressent à moi et ceux qui nous servent ne font pas exception. Quand je vais prendre à manger, ils me mettent une bonne part dans mon plateau !

À moins que ce soit par pitié ? Je suis tellement fine. Je ne dois pas peser bien lourd... C'est bien la preuve qu'il y a des avantages à être mince et belle. Le soir, il faut se débrouiller.

Pendant deux jours, on dort dans le couloir sur des matelas crasseux remplis de puces. Je me réveille avec des piqûres partout, je ne cesse de me gratter, tout le monde se plaint de la même chose.

Troisième jour. Enfin, un espace se libère, il était temps !

Dans le groupe, certains ont croisé des compatriotes qu'ils connaissent depuis la Grèce. L'un d'eux, Amadou, avec lequel je me suis lié d'amitié, dépense tout son argent pour tous nous faire à manger, du poulet et du riz essentiellement. Bon mangeur, il tient sa « fortune » de ses frères qui habitent Paris. Un supermarché se trouve dans l'enceinte même du camp. C'est cher et la monnaie hongroise ne vaut pas grand-chose.

J'ai hâte que ça finisse, mais il faut patienter quatorze jours pour que la pièce d'identité se fasse…

33

Didier

En attendant la pièce d'identité nécessaire au départ de Hongrie, je passe mon temps à réfléchir à la suite du voyage. Je n'ai plus assez d'argent, il me reste moins de 100 euros. Or, j'ai calculé qu'il me faut encore environ 400 euros pour parvenir jusqu'à Paris ! Je me demande comment je vais faire. Je ne dors plus la nuit, je passe mon temps à réfléchir. Ça ne m'empêche pas encore de manger, de discuter ou de rire avec les autres pendant la journée, heureusement, mais lorsque le soleil vient à tomber je ne pense qu'à ça.

Non loin du camp, je me rends dans une cabine téléphonique et j'appelle toutes mes connaissances pour qu'elles me viennent en aide. Ce n'est pas faute d'avoir de la famille ici, en Europe. Tous savent dans quelle situation je me trouve, mais aucun d'eux ne répond à mes appels. Je me sens abandonnée. Ils savent bien que j'ai perdu mon père il n'y a pas si longtemps que ça. Deux de ses sœurs habitent en Suisse, mais celui qui me déçoit le plus est mon frère Didier qui se trouve à Paris.

Il s'est toujours vanté de m'avoir portée dans ses bras et changé mes couches, parce qu'il faisait déjà partie de la famille, bien avant que je ne vienne au monde. Il fut effectivement recueilli par mes parents à l'âge de deux ans quand sa mère avait tout plaqué pour des horizons meilleurs. Didier avait été retrouvé abandonné à lui-même dans la maison. Mon père, qui n'avait pas une bonne situation à l'époque, venait juste de commencer sa carrière de militaire et s'en est occupé comme de son propre fils. Avec son argent, il l'a envoyé à l'école, l'a nourri, soigné. J'ai grandi avec Didier en le considérant comme mon frère.

On ne peut pas dire que nous avons connu une enfance facile. Nos malheurs ont commencé le jour où mon père est devenu polygame. La polygamie, légale au Cameroun, gangrène la société et détruit les familles.

Si ma mère a été sa première femme, il en a pris une deuxième et ça, elle n'a pu le supporter et a fui la maison alors que je n'avais que trois ans.

Je peux comprendre que la situation était difficile pour elle. Voir son mari ramener une deuxième épouse à la maison, se sentir délaissée avec un équilibre familial qu'elle a eu du mal à mettre en place réduit à néant, cela n'a rien d'évident. Je suis convaincue que lorsque l'on est une bonne mère, peu importent les difficultés, on n'abandonne jamais son enfant, alors que ce dernier – en bas âge – a d'autant plus besoin de la protection maternelle. Alors, oui, dès cet âge, j'ai été privée de l'amour d'une mère. J'ai vite appris à me passer de certaines choses, les moments de complicité, d'affection et de tendresse qu'un enfant partage uniquement avec sa mère. Cela explique peut-être ma force de caractère. Ma sœur, Véronique, qui à cette période n'était qu'une gamine, a dû grandir subitement afin de me prendre en charge et jouer le rôle d'une maman. Pendant longtemps, j'ai cru que c'était elle, ma mère. Malgré tout l'amour qu'elle me portait, je sentais au fond de moi que quelque chose n'allait pas. Un jour, encline au doute, j'ai demandé à mon père qui était ma vraie mère. Il m'a répondu qu'elle était morte et a tenu ce discours pendant des années jusqu'au soir où, Véronique, nous ayant surpris dans une énième conversation autour de ce sujet, m'a prise à part et m'a révélé que, vivante, elle résidait dans un petit village à quatre heures de Yaoundé. Je n'ai eu alors de cesse de demander à rencontrer cette femme qui m'avait à la fois enfantée puis abandonnée. Lorsque mon père a su que ma sœur m'avait dit toute la vérité, il en a profité pour passer un accord avec moi. Je pouvais passer les vacances chez elle à condition d'obtenir des bonnes notes à l'école. Comme par enchantement, ma concentration en classe a été décuplée durant cette période. Au bout de trois ans – voyant que mon père ne tenait pas ses promesses – je commençai à perdre espoir.

Un matin, mon père nous a rassemblés tous au salon et nous a annoncé qu'il devait aller combattre à Bakassi[51] pour défendre mon pays, le Cameroun, face au Nigeria pendant trois mois. Conscient de la situation conflictuelle entre sa deuxième femme et ses enfants, il a décidé de nous envoyer en vacances chez ma mère. Tout en moi était confus. J'étais déchirée entre la joie éprouvée à l'idée de la connaître et la peur de ne plus revoir mon père. Nous devions encore passer deux semaines avec cette sorcière de deuxième épouse avant de pouvoir enfin prendre ce bus qui nous a conduits auprès de ma mère. Arrivées au village, ma sœur s'est exclamée : « C'est elle ! » J'entendis une vieille femme dire : « Marie, je crois que ce sont tes enfants qui arrivent. » Elle lui a répondu : « Mais, tu rêves ou quoi ? Qu'est-ce que mes enfants viendraient faire ici ? Leur père ne les laissera jamais venir me voir. » Au même moment, ma sœur lui

---

51 Province frontalière disputée entre le Nigeria et le Cameroun en 1994.

a répliqué : « Nous sommes bel et bien tes enfants. » Elle a alors laissé tomber tout ce qu'elle avait entre les mains et a couru vers nous en pleurant, criant comme si elle avait appris un malheur. Pourtant, c'étaient des cris et des larmes de joie ! Plantée au milieu de l'allée, je ne ressentais aucune émotion à cet instant précis. Bien que très jeune, j'ai compris que notre relation allait être difficile et qu'il nous faudrait du temps pour nouer des liens. Pendant deux mois, elle a fait tout son possible pour nous faire passer des vacances inoubliables. Je retrouvais ma mère, mais je découvrais en même temps l'extrême précarité dans laquelle elle vivait. Ce qui m'importait c'était d'apprendre à la connaître et me dire que j'avais enfin une maman.

À notre retour, j'ai retrouvé le confort de la maison, mais j'étais terrifiée à l'idée même de côtoyer la sorcière qui régnait en reine à la maison. Tout ça parce qu'un homme avait décidé de prendre une seconde épouse et qu'il l'avait fait passer avant ses enfants. Cette femme, vicieuse, méchante et manipulatrice, n'avait qu'un seul but, nous détruire et nous éloigner de lui.

Elle faisait constamment régner une ambiance malsaine à la maison. Je n'avais aucun droit, je ne pouvais pas m'asseoir sur le beau canapé. Elle nous privait de nourriture et à plusieurs reprises des cafards furent insidieusement introduits dans nos assiettes de riz. Nous vivions dans un régime d'apartheid, nous avions notre propre vaisselle qui ne pouvait en aucun cas se mélanger avec la leur. Elle nous faisait comprendre que nous n'étions pas chez nous, contrairement à ses propres enfants nés d'autres pères, qui, eux, pouvaient tout se permettre. Je passais ainsi la plus grande partie de mon temps dans ma chambre après avoir terminé les nombreuses corvées qu'elle m'avait données. Cela expliqua par la suite le côté renfermé de ma personnalité.

Didier subissait aussi les mêmes humiliations et vivait mal la situation. Il ne se sentait pas soutenu par notre père, qui brillait par son absence ou sa faiblesse devant sa femme.

À plusieurs reprises, Didier est devenu « nanga boko »[52]. Il quittait la maison et dormait dans les rues parfois pendant plus d'une semaine. Mon père allait le récupérer, il se levait à 5 heures du matin parce que ça lui faisait mal de voir que son fils vivait dans la rue. On racontait à mon père qu'on l'avait vu ici ou là, ce qui fait qu'il a commencé à le pister. Un matin à l'aube, il l'a attrapé, l'a ramené de force à la maison et l'a frappé. C'est arrivé une ou deux fois de suite.

Après vingt ans d'absence, sa mère est réapparue dans sa vie. Ses relations avec notre père se sont dégradées, car les gens rapportaient à sa mère qu'il y avait eu des maltraitances. Elle décida d'éloigner son fils, ce qui marqua la rupture père-fils. D'un coup, celui qui fut jusque-là son père n'était plus qu'un étranger à ses yeux.

Si je suis sûre d'une chose, c'est que notre père l'aimait, comme un père aime son fils, et voulait à tout prix qu'il réussisse. Plus tard, on a appris qu'il était parti pour la France sans nous dire au revoir.

Quelques années plus tard, lorsqu'il est revenu au Cameroun, il a repris contact avec notre père et est venu nous trouver chez ma mère. Ça nous a fait chaud au cœur, je me dis alors qu'il ne nous avait pas oubliés.

Je n'avais même pas 18 ans lorsque Didier m'a fait la promesse de m'emmener en Europe. Pour cela, je ne devais ni me marier et encore moins faire un enfant. Il a

---

52   Signifie littéralement « enfant de la rue » en langue douala.

été la première personne à me donner des envies d'ailleurs, à m'implanter cette idée comme un clou dans un piquet. Le bois n'en ressort jamais indemne.

Cinq années ont passé sans qu'il se manifeste.

Après plusieurs aventures sans lendemain, j'ai fini par rencontrer un homme avec lequel je me projetais dans l'avenir. Mis au courant, il m'a passé un coup de fil pour me prévenir du fait qu'il ne pourrait plus rien pour moi si cette relation devenait plus sérieuse qu'elle ne l'était.

Belle excuse pour lui! Avait-il eu réellement l'intention de me faire voyager?

Sans que je le sache, la date du 24 août allait changer ma vie et provoquer mon départ du Cameroun.

Je ne sais pas quelle heure il est au juste. Une nuit d'insomnie en plus. Je compte les jours et je continue de ressasser mon passé et à penser à mon père. Je suis sûre qu'il est réellement là à mes côtés lorsque je le vois en habit de défilé. Pense-t-il que je vais l'oublier? Comment pourrais-je? Mes larmes longent les parois du mur et descendent jusqu'aux racines, vont loin sous la terre jusqu'à celles de mes ancêtres. Je me souviens de ce jour maudit. Tu ne sais pas tout ce que j'aurais aimé te dire avant que tu partes...

34

Famille

Sa famille lui manquait et c'était bien normal. J'essayais de me mettre à sa place. Je la trouvais si forte. Seule, à l'autre bout du monde, sans amis sur lesquels se reposer, dans un pays nouveau pour elle et avec une mentalité aux antipodes de ce qu'elle avait pu connaître auparavant. La période des fêtes de fin d'année constitua un moment difficile. Sa mère eut des problèmes de santé et son oncle perdit la vie dans un accident de bus.

— Il ressemblait beaucoup physiquement à mon père.
— Tu n'évoques pas souvent ton père.

Retenant ses larmes, Jane ne me répondit pas tout de suite, puis les mots vinrent péniblement. Elle évoqua la douleur qui la tenaillait à chaque fois qu'elle pensait à lui. Je lui conseillais d'écrire, d'expulser tout ce qui la tourmentait et de le coucher sur une feuille. La catharsis permet de soigner et apaiser les âmes torturées[53].

Quelques minutes auparavant, nous parlions au téléphone, tu te plaignais juste d'une petite douleur à la tête. Jamais je n'aurais cru qu'une maladie aussi insignifiante sonnerait la fin de ton existence et que je ne te reverrais plus jamais, que je perdrais non seulement un

---

[53] La catharsis est l'état créé par l'art et qui, comme son nom l'indique, purifie l'âme de ses passions mauvaises. Source : la-philosophie.com

père, mais aussi mon meilleur ami, mon partenaire, mon confident et complice, en somme, mon binôme. Tous les jours, tu nous manques, je ne suis pas la seule à souffrir de ton absence. Face aux promesses de certains, tu m'as toujours encouragée à partir, même lorsque je n'en avais pas envie. Aujourd'hui, j'y suis, papa, je suis en Europe ! Si tu me vois de là-haut, tu dois être fier de moi et si tu savais comme ma tristesse est grande du fait que tu ne sois pas là pour le voir et le vivre avec moi. Je veux que tu saches de là où tu es que je vais tout faire pour réussir et devenir la femme meilleure que tu aurais souhaité que je sois. Je sais que si tu ne t'étais pas engagé dans la polygamie, nous aurions eu une vie formidable. Malgré cela, tu resteras le meilleur des papas et je t'aime.

Elle me raconta ensuite toutes les raisons qui l'avaient poussée à partir :

— Lorsque j'ai eu mes 16 ans, fatiguée de vivre un calvaire chez mon père, je suis partie vivre chez ma mère. Au moins, chez elle, il y faisait bon vivre. Mon père et moi avions gardé contact, nous nous parlions régulièrement au téléphone. Le matin du 24 août 2013, je l'ai appelé pour prendre de ses nouvelles. Il m'a fait comprendre qu'il ne se sentait pas bien. Je lui ai conseillé de se rendre à la pharmacie. Ma batterie de téléphone s'étant déchargée, je lui ai fait la promesse de rappeler une heure plus tard. Lorsque j'ai appelé de nouveau, il a difficilement pris son téléphone et a juste eu le temps de me dire ces quelques mots qui me hanteront à tout jamais : « Je suis menacé, je suis vraiment menacé ». À ce moment-là, je n'ai pas compris de quoi il parlait. Subitement, l'appel s'est coupé. J'ai rappelé plusieurs fois en vain. L'angoisse m'a prise et sans raison, je me suis mise à pleurer. J'ai relancé l'appel. Un inconnu a décroché et m'a demandé qui j'étais. Après que j'ai répondu, il m'a dit : « Votre père vient de tomber, il est dans un très mauvais état. » Je lui ai demandé de lui passer le téléphone, ce n'était pas possible, car il ne pouvait pas parler. L'appel a été de nouveau interrompu. J'ai pris conscience que quelque chose de grave venait de se produire. J'ai réussi à joindre immédiatement ma sœur et lui ai exposé mes craintes. Ensemble, on a pris la route pour la capitale. Dans le bus, ma sœur a décidé d'appeler l'un de nos cousins qui habitait à proximité de notre père. J'ai juste eu besoin de voir la tristesse dans son regard pour comprendre que c'était fini et qu'il était parti, que je ne le reverrais plus jamais. La douleur en moi était si forte que pendant des jours je n'ai fait que pleurer. C'était la première fois que je perdais un être cher, le monde venait de s'écrouler autour de moi. Ce fut la pire expérience de toute ma vie.

Un lourd silence régnait dans la pièce. Elle s'effondra en sanglots. Je la pris dans mes bras. Après quelques minutes, elle voulut continuer son récit.

— Son épouse n'a jamais pris son téléphone pour nous avertir. Elle était surprise de nous voir arriver le soir même dans leur maison. Je ne te décris pas l'accueil, puisqu'il n'y en a eu aucun. Je la revois le lendemain matin m'arracher des mains la photo de mon père et me préciser de ne toucher à rien. Elle a fini par nous mettre à la porte parce qu'elle était excédée de nous voir. Chacun a fait son deuil de son côté. On a su après l'enterrement qu'elle avait caché la mallette dans laquelle mon père rangeait tous ses dossiers. Du coup, ma mère ne pouvait pas toucher sa pension de veuve. La sorcière a également décidé d'entrer en possession du seul héritage dont nous pouvions bénéficier, le terrain dont disposait mon père, qu'il n'avait d'ailleurs pas fini de payer ! Cela a provoqué une guerre sans merci entre nous. Elle me répétait que j'étais une ratée et une moins que rien. Des disputes, des bagarres et même des menaces de mort ! Rien ne nous a été épargné. Pendant des mois, j'ai vécu avec la peur au ventre, car elle avait juré d'en découdre avec moi. J'étais, selon ses dires, son plus gros obstacle. C'est comme ça que j'ai pris la décision de quitter mon pays et de me lancer dans le projet du « voyage au-delà des mers ».

Cette fois-ci, en colère, elle eut besoin de marcher un peu et de s'isoler. Mais cela ne la calma pas, elle revint encore plus remontée.

— La famille est parfois notre pire ennemi. Alors qu'Édea se situe au carrefour des principales routes du pays, mes tantes, de passage au Cameroun, n'ont jamais pensé à s'arrêter pour nous saluer, ne serait-ce qu'une seule fois ! Ou même nous passer un simple coup de fil. Nous nous sentions comme les oubliés de la famille. Pour moi, ce sont de parfaites étrangères. Au final, je leur dis merci, car elles ont été une source supplémentaire de motivation et m'ont donné encore plus envie de réussir par mes propres moyens.

35

Le voyage continue

Une nouvelle journée débute pour moi. Après de nombreux appels sans réponse, je sais définitivement que je ne peux pas compter sur la famille. Mon copain, resté au pays, lui, c'est différent. Je ne sais pas comment il a fait, mais il m'a envoyé une partie de la somme nécessaire.

C'est 300 euros pour prendre une voiture ou un camion, un peu moins par le train. Un Comorien a gardé contact avec Zabra. Celui-ci veut prendre de mes nouvelles. Je lui en donne, puis je lui parle de ma situation. Je lui demande s'il peut m'aider.

— J'ai prêté de l'argent au Comorien. Demande-lui de te le donner.

Je suis contente, le voyage va pouvoir se poursuivre. Je dors de nouveau la nuit. Il ne reste plus qu'à attendre la carte qui permet de circuler librement en Hongrie.

Ça y est, elle est arrivée ! Il est temps de partir. J'ai réfléchi sur le meilleur moyen de voyager. Par taxi, non, je peux me faire attraper à la frontière. Par camion, c'est dangereux. Il ne me reste qu'une option, le train.

Un des gars m'a donné un précieux conseil :

— Si tu choisis le train, tu pourras plus facilement passer si tu prends des tickets de première classe, c'est moins contrôlé que la seconde classe.

J'ai passé le mot à ceux avec qui j'allais faire le voyage. Nous arrivons trop tard à la gare pour pouvoir partir aujourd'hui. On doit se résoudre à dormir sur le gazon. Partout, des migrants s'entassent, couchés comme des sacs de macabo[54]. Ce soir, on peut quand même acheter les tickets et c'est loin d'être facile. Le courageux de la bande, le Guinéen, se dévoue pour jouer au touriste et va les acheter pour nous.

C'est tellement cher que j'hésite avant de lâcher mes billets. Il y a même des gars qui nous proposent d'aller les chercher à notre place contre 50 euros par personne, on refuse. À un moment, on se dit même qu'on va se résoudre à voyager en seconde classe, mais quelque chose dans mon cœur me fait changer d'avis, une sorte d'intuition.

On est cinq à prendre ce qu'on appelle, nous, la classe VIP ! Le Guinéen, le couple de Comoriens et Amadou. Des policiers patrouillent un peu partout pendant la nuit. Le matin, au réveil, on ne peut pas prendre de douche, on se brosse les dents.

On fait le tour, on achète des vêtements, parce que dans nos têtes il faut ressembler véritablement à des VIP, on ne doit pas être sales. On nous a dit qu'il fallait qu'on soit classes, alors on est sur notre trente-et-un sans s'être lavés. J'arrange ma coiffure, je me maquille, c'est tout… Je me dis que ça va marcher. On se met vraiment dans la peau d'Européens qui ont passé leurs vacances en Hongrie et qui rentrent. Les uns deviennent Brad Pitt, les autres Angelina Jolie. On prend l'accent à la « frenchie ». À ma grande surprise, notre stratagème semble fonctionner. Les policiers présents sur le quai ne nous contrôlent pas. Une fois dans le train, une hôtesse,

---

54 Plante tropicale originaire du bassin de l'Amazonie aux feuilles sagittées et dont les tubercules riches en amidon sont consommés. Source : wiktionnaire.org

très gentille, nous guide, montre nos places et propose la carte, à manger et à boire. On commande, ce n'est pas donné ! Mais il faut donner le change. On n'a aucun contrôle dans notre compartiment.

Munich. On y est, on sort sur le quai avec un grand sourire.

Un comité d'accueil nous attend. On a seulement eu le temps de descendre.

C'est fini le VIP, maintenant c'est plutôt « Suivez-nous » !

Je me doute bien que les policiers sont blasés de nous voir. Nous sommes tellement nombreux en ce moment à tenter notre chance. Au moins, aucun d'eux ne peut me reprocher d'être mal habillée. Je porte une belle robe sur moi, j'ai fait faire des tresses au camp. Beaucoup des voyageurs qui sont ici nous regardent comme si nous étions des extraterrestres. J'ai tellement honte ! Les policiers nous entourent de chaque côté et ne nous laissent aucune chance de nous évader.

Je baisse la tête, j'ai envie de percer le sol et de me cacher pour qu'on ne me voie pas.

36

Direction Paris

Je n'ai aucun papier sur moi, je me suis débarrassée de ceux qu'ils nous ont donnés en Hongrie, ils ne servent qu'à circuler à l'intérieur des frontières de ce pays. Quant à mon passeport, je l'ai laissé chez quelqu'un à Athènes. Je le récupérerai plus tard, une fois arrivée à destination. Ils nous amènent dans une salle spécialement faite pour nous. On ne sait vraiment pas ce qui va se passer. D'autres migrants se sont fait arrêter avant nous. Je les regarde, pensive, chacun porte en eux une histoire difficile, chacun a ses raisons pour avoir pris les chemins de l'exil. La longue attente me fait appréhender la suite. Que vont-ils faire de moi ? En Allemagne, comme ailleurs, on nous pose toujours les mêmes questions pour nous enregistrer. Ils nous remettent un papier pour nous permettre de rentrer dans un camp.

Paniquée, la Comorienne commence à pleurer. On ne sait pas trop comment, de son côté, le Guinéen a réussi à s'enfuir, à se faufiler. Le pire, c'est qu'il a l'argent du voyage d'Amadou !

Ce dernier est totalement décomposé, il ne cesse de répéter qu'il n'a plus d'argent. Je lui demande si ça va, mais ce n'est vraiment pas le cas, il ne me répond pas. L'ambiance n'est pas au beau fixe.

Je me dis intérieurement « Mais qu'est-ce qu'il est bête d'avoir confié son argent à quelqu'un d'autre ! »

Ça fait bien deux heures qu'on est là, je me suis fait enregistrer la première et, du coup, je suis sortie avant les autres.

J'attends le bus qui doit nous transporter pour un autre camp. Je vois que certains réussissent à s'enfuir, discrètement.

Moi aussi je peux le faire ! Je commence à reculer d'un pas, un autre et je me retrouve peu à peu à distance de la police. Pas trop axés sur nous, ils nous donnent l'impression qu'ils s'en moquent. Je me cache derrière les voitures tout en ne m'éloignant pas trop pour attendre les autres. Il fait froid et je ne suis pas assez couverte, il doit être tard maintenant. Je tremble. Je ne me vois pas continuer le voyage toute seule.

De jeunes Allemands passent avec le sourire, la joie dans le cœur.

Je me dis qu'ils ont vraiment de la chance, mais le savent-ils ?

Ça y est ! Quarante-cinq minutes plus tard, mes compagnons sortent enfin. Il faut que je leur fasse des signes. Ils me voient, ils ont compris qu'ils peuvent s'enfuir, mais ce n'est pas possible tout de suite…

Vingt minutes passent encore. Ils arrivent. Nous sommes désormais quatre. On est entrés dans le hall de gare, mais il n'y avait plus aucun train.

Deux passeurs nous ont repérés. Ils nous demandent 250 euros par personne pour avoir des tickets tout de suite. Ils ne cessent de répéter « On a l'habitude de faire voyager les gens. » De quels tickets parlent-ils ?

Il n'y a plus de train à cette heure-ci. Pas la peine de se presser, on va dormir là à même le sol. Comme les autres, je n'ai pas le choix. Je veux arriver en France, coûte que coûte.

Les passeurs, sûrs d'eux, nous ont montré les toilettes et on a pu se changer. Ils pensent nous revoir demain, mais ils se trompent, on va sûrement partir avant…

Ce matin, on se réveille tôt. Mes compagnons de voyage se sont renseignés. Les billets ne sont pas si chers que ça ! Il faut seulement que chacun aille en acheter un. J'ai une boule au ventre avec la peur de me faire prendre. Je tombe sur une fille enceinte qui n'a pas toute la somme nécessaire pour l'achat de son ticket. Elle me raconte son histoire, notamment que le père de son enfant est étudiant en Turquie. Je n'ai certes ni papier, ni travail, ni maison, mais il me reste un cœur et du temps pour écouter les autres, alors c'est ce que je fais. Elle me demande si je peux lui prêter de l'argent pour compléter son billet, que son copain va le lui envoyer et qu'elle va me le rendre par la suite.

— Désolée, mais je vais d'abord acheter mon billet et après on verra…

Je regarde comment font les autres, il suffit de prendre un numéro, attendre et ensuite une caissière nous appelle. Je fais comme tout le monde, elle parle anglais. Elle voit bien que je suis quelque peu perdue. Elle me donne le ticket, il me reste quelques euros. *Ma priori*té, ce n'est pas la femme enceinte, je pense tout de suite à Amadou qui s'est retrouvé sans argent. Ça me fend le cœur de le laisser en Allemagne et de partir alors qu'il s'est sacrifié pour nous faire à manger durant tout notre séjour à Debrecen. Je vais vers lui :

— J'ai acheté mon ticket et j'ai encore un peu d'argent, si tu veux, je t'en prête un peu et tu me rembourseras en France.

Il me répond :

— Non, c'est bon.

Il m'explique qu'il va rester en Allemagne le temps que ses frères lui envoient de l'argent. J'insiste pour qu'il change d'avis, mais il ne cède pas. Le pays de Goethe paraît être à ses yeux une meilleure option, parce qu'il pense qu'il y a des avantages, 300 euros tous les mois en plus d'un logement pour les demandeurs d'asile. On se sépare, je suis tellement triste, je me retrouve quasiment seule.

La femme enceinte, plantée au milieu du hall, reste désemparée. Il ne lui faut plus que vingt euros pour qu'elle continue son voyage ! Dans ma tête je sais très bien qu'elle ne va pas me rembourser. Je pars dans l'optique de me dire que tout au long du voyage des gens m'ont tendu la main et que c'est à mon tour de le faire. Elle me dit merci de toutes les manières possibles et imaginables.

Avant l'arrivée du train, je me rends dans les toilettes. Une dame pipi africaine qui parle français m'interpelle et me demande où je vais. Je lui réponds que je vais en France. Elle me dit :

— Mais qu'est-ce que tu vas faire en France ? Ici c'est mieux, il y a du travail, de l'argent.

— Je ne connais personne ici, sans compter la barrière de la langue…

Elle balance sa tête de gauche à droite comme pour marquer sa désapprobation, reprend son balai-brosse et le cours de sa vie.

J'embarque juste après.

Des sentiments contradictoires m'assaillent. Je suis dans le train pour Paris ! Assise à ma place, je fais le signe de croix et malgré mes craintes, je me sens soulagée et me dis que le bout du tunnel est proche.

Le train fait une halte à Stuttgart. Tranquilles, nous observons les gens descendre et d'autres monter. Nous attendons seulement que le train redémarre. Une passagère arrive vers nous. Elle fait remarquer à la fille enceinte que je viens d'aider que c'est sa place. Heureusement, elle parle français.

— Votre billet dit quoi ? Vous allez où ?

— Gare de l'Est.

— Mais ce n'est pas ce train, vous devez descendre et prendre le train là-bas !

On se regarde, embarrassées ! Un peu plus et on se retrouvait encore perdues !

L'adrénaline s'empare alors de tout mon être. Après avoir remercié la personne qui nous a sauvées, on bondit hors du train et on pique un sprint pour prendre le bon. Il s'agit de ne pas le rater !

37

Paradis ?

Paris – Gare de l'Est

Regarde-moi papa de là où tu es ! Je suis en France !
Pour la première fois depuis des mois je me sens heureuse et fière de moi, comme soulagée.
Tout le long, j'étais paniquée et stressée. Certes, mon voyage touchait à sa fin, mais je ne savais pas où j'allais loger à l'arrivée. Et puis je ne connaissais pas la France ! J'avais de la famille, mais le seul avec qui j'étais en contact, c'est un frère qui ne répondait pas au téléphone. Reste peut-être une cousine…
La fille enceinte n'a pas de famille directe, c'est une amie à sa sœur qui est censée la récupérer. Elle me dit que si la personne accepte, on pourrait peut-être m'héberger...
Après avoir embarqué dans le TGV, il n'y a plus eu de complications, on est passées par une ville qui s'appelle Strasbourg sans s'y arrêter.
Je suis enfin à Paris, mais je ne vois pas encore ses bâtiments. Sous terre, je me plais à imaginer la ville qui se trouve à la surface, celle qu'on dit être la plus belle du monde. Je crois vivre un rêve éveillé, depuis mes 16 ans où l'on m'a parlé de la France pour la première fois. On m'a tellement vendu ce pays, *c'est beau, c'est magni-*

fique. Dans ma tête, j'idéalisais, c'est comme un paradis sur Terre. Et j'y suis !

Je n'arrête pas de me pincer, suis-je vraiment en France ? Différentes vagues d'émotions me submergent.

JOIE. Je pense vraiment que toutes les souffrances que j'ai endurées arrivent à leur terme. Au moins, je n'aurai plus à me casser la tête pour savoir comment traverser telle ou telle ville.

TRISTESSE. Sur le quai, je me sens tellement perdue. Par où vais-je commencer ?

La fille enceinte me présente à l'amie qui va l'héberger. Elle s'appelle Christiane. Pendant qu'elle explique ma situation, je vois que son visage change et se rembrunit. C'est compliqué, me dit-elle.

Je regarde autour de moi et je reconnais des visages familiers que j'avais croisés à Debrecen, notamment Jean. Comme un fantôme, il erre au milieu de la foule. En l'apercevant, je lui fais signe de venir vers nous. Il n'ose pas trop s'approcher, voyant que je ne suis pas seule, mais il finit par venir.

Christiane nous conduit jusqu'à un cybercafé. Mon premier réflexe est d'appeler ma mère pour lui dire que je suis arrivée en France. Je m'abstiens de lui préciser que personne n'est venu me chercher. Je la recontacterai une fois que je serai posée.

Mon deuxième appel est pour ma cousine Félicienne, j'ai eu son numéro de téléphone par le biais de ma mère. Je lui demande où elle se trouve :

— Je suis à Grenoble.

— C'est où ça ? Je ne connais pas !

— Si tu viens, je peux t'héberger.

— Tu ne peux pas venir me chercher plutôt ?

— Non, c'est à six heures de route ! Je vais voir avec ma belle-sœur si on peut venir te récupérer, mais là pour le moment je ne peux rien faire !

Jean, qui est sur le point de partir, me propose de l'accompagner à Saint-Denis. Il a joint l'une de ses cousines qui est peut-être d'accord pour l'héberger.

La nuit nous enveloppe et je me demande où je vais bien pouvoir dormir cette nuit. J'ai encore appelé mon frère, mais évidemment ça ne répond pas. J'ai fini par laisser tomber.

On demande aux gens notre chemin pour aller à Saint-Denis, on ne sait pas du tout où cela se trouve. Qu'est-ce qu'il y a des Africains dans les rues, il y en a partout, j'ai l'impression d'être au pays ! C'est fou !

On n'a pas de ticket, de toute façon on ne sait même pas comment faire pour en acheter un. Certains sautent au-dessus des portiques du métro, on fait comme eux, au risque de se faire arrêter !

La cousine de Jean habite en fait un foyer, visiblement, c'est plus que compliqué. Et puis, elle est surprise de voir débarquer deux personnes au lieu d'une seule...

Il tente bien de lui expliquer la situation, mais elle nous fait comprendre qu'elle ne peut vraiment pas nous héberger. À la rigueur, elle aurait pu se débrouiller pour lui, mais en tout cas pas pour nous deux.

Jean ne veut pas me laisser seule dans la rue. Cela me fait chaud au cœur. Elle tente quand même de nous aider et appelle l'un de ses amis en lui demandant s'il peut nous héberger. C'est bien qu'il ait accepté, sauf qu'on ne sait pas du tout comment se rendre chez lui et il est déjà plus de 22 heures. Nous sommes fatigués.

On se regarde tous les deux... Pour arriver chez elle, on a ramé et là... Apparemment, elle a un bébé et elle ne peut pas le laisser tout seul. Il faut qu'on se débrouille, elle ne nous le dit pas, mais on comprend ses sous-entendus.

Elle nous mène jusqu'à l'arrêt du métro. Une fois seuls, on a déjà l'impression d'avoir oublié la moitié des indications qu'elle nous a données. On est perdus, une fois de plus. On demande à deux Africains où se trouve la gare de Saint-Denis. Il doit être 23 heures, on la traverse de long en large. Qu'est-ce que l'on va faire ? Est-ce que l'on va chercher un hôtel ? On n'a pas trop d'argent et si on choisit cette option, il ne nous restera plus rien pour les jours suivants.

C'est décidé, on va chercher un coin tranquille dans la gare pour dormir, même assis, ça nous conviendra.

Cela fait une demi-heure qu'on est là. Trois employés de la gare se rapprochent. En les voyant, on fait comme si on allait prendre le train et on remonte rapidement.

Dix minutes se sont écoulées. L'un d'eux débarque devant nous et commence à nous demander ce qu'on fait là et qui on est.

On lui dit la vérité, qu'on vient d'arriver et qu'on n'a personne chez qui aller.

— C'est votre jour de chance, vous auriez pu tomber sur mes collègues et avec eux ça se serait passé différemment. Quand j'ai quitté mon pays, la Côte d'Ivoire, et que je suis arrivé en France, j'étais dans la même situation que vous. Je n'avais nulle part où aller et ce sont des gens qui m'ont aidé. Du coup, aujourd'hui, j'ai l'occasion de le faire à mon tour. Je vais vous sauver la mise pour cette nuit !

Il s'adresse alors à Jean :

— Comment t'es habillé, toi ? T'es vraiment vêtu comme un clochard ! Mes collègues auraient compris direct que t'es un migrant. T'as vraiment une tête de migrant ! Et toi, avec ton ensemble, c'est pas très approprié pour la saison ici, mais bon, t'es déjà plus propre que lui.

On ne comprend plus trop ce à quoi il fait allusion, on est épuisés et puis on a faim ! Le principal, c'est qu'il nous propose de passer la nuit dans sa voiture. C'est notre sauveur. On peut même boire de l'eau à l'intérieur. Tout à l'heure il nous a même fait rire. Il a baissé les sièges arrière en nous disant :

— J'espère que je peux vous faire confiance hein, vous n'allez pas me voler ma voiture dans la nuit ?

C'est une blague ? Ça nous paraît tellement incongru.

Ma première nuit en France... Ce n'est pas vraiment ce à quoi je m'attendais. Je trouve qu'il fait plutôt froid au paradis. Je ne me plains pas à haute voix, à quoi ça servirait de toute façon ? Mon compagnon d'infortune a une attitude très correcte. Les hommes avec qui j'ai dormi au cours de ce voyage l'ont toujours été. Aucun geste déplacé.

5 heures du matin. Si l'Ivoirien nous réveille aussi tôt, c'est qu'il ne faut pas que ses collègues nous voient. Il nous souhaite bonne chance pour la suite. On remonte à la gare attendre que le monde autour de nous s'éveille complètement.

38

Paris-Grenoble

Jean et moi nous nous asseyons sur un banc afin de réfléchir sur ce que nous allons faire. Au bout d'un moment, il prend la décision de rappeler sa cousine. Je le sais, nos chemins vont se séparer. De mon côté, je rappelle Félicienne, qui la veille avait accepté de m'accueillir chez elle. Pour cela, je dois m'y rendre par mes propres moyens. Comment vais-je faire ? Ma voix tremble au bout du téléphone. Elle tente de me rassurer, je vais prendre un covoiturage qui partira d'ici pour Grenoble. Elle s'occupe de tout, je la rembourserai plus tard. Quelques minutes après, elle me rappelle en me disant que le chauffeur ne vient pas jusqu'à Paris, mais qu'il me récupère à Dijon. Décidément, ce voyage ne finira donc jamais !

Je perds la notion du temps et prends d'abord le métro. À ma grande surprise – je ne m'y attendais pas – les Parisiens sont gentils. Je tombe sur un passager à qui je demande de l'aide pour acheter le ticket. Il m'aide jusqu'à mon entrée dans la rame. Je m'assieds à côté d'un homme dans le métro qui m'oriente également. J'arrive à la gare de l'Est, une personne m'indique le bon train car je suis perdue. C'était un train tout ce qu'il y a de plus normal, pas un TGV. Quelques heures plus tard, j'arrive à la gare de Dijon.

En attendant le covoiturage, je m'aperçois que mon téléphone est déchargé, je décide de me rendre dans un bar. Je vais commander à boire et en profiter pour charger mon téléphone.

Des heures interminables s'écoulent, c'est la nuit… Il faut croire qu'attendre est l'activité principale du migrant, on ne fait que ça! Je ne prête attention à rien, je n'ai qu'une hâte, que le chauffeur arrive!

Il m'appelle enfin et me dit qu'il est parvenu à se garer. Je le retrouve une rue plus loin. Un autre passager occupe le véhicule. Seule femme, j'ai peur – on ne sait jamais –; j'ai vu des reportages où des femmes se font violer… Épuisée mentalement et physiquement, le sommeil est le plus fort. On roule pendant des heures.

Nous arrivons enfin à la gare de Chambéry en début de matinée. Je dois encore prendre le train pour Grenoble. Il m'aide à acheter mon ticket de train puis me propose de prendre un café avec lui. Il comprend que je suis nouvelle. Durant la discussion, je fais la fille qui vient de Paris et qui se rend chez sa cousine. Mais je sens qu'il a compris, je ne crois pas moi-même à ce que je raconte. Il veut à tout prix me voir entrer dans le train. Il est surpris que je ne sache pas composter un billet. Je le regarde, étonnée, mais je n'ose pas lui demander ce que veut dire le terme « composter ».

Il me fait la bise et me souhaite bonne continuation. Avant de monter dans le train, je dois donner le ticket à un contrôleur. À son tour, il me fait lui aussi remarquer que mon ticket n'a pas été composté et qu'il fallait le faire avant. Heureusement, près de là se tient une employée africaine. Je lui demande :

— J'ai acheté mon billet et on m'a demandé de le composter.

Elle comprend tout de suite mon problème.

— Viens.

Et elle me le composte. Je redescends en courant pour attraper le train à temps. Une heure plus tôt, ma cousine m'avait dit de descendre à la gare d'Échirolles. Je crois que le panneau est passé. Je me retrouve plus loin !

Elle m'appelle :

— T'es où ? Je t'attends !

Je suis limite en train de pleurer au téléphone, paniquée, parce que j'ai raté le bon arrêt. Je suis à Grenoble. Rassurée, elle me dit que ce n'est pas grave et me demande d'attendre sur place. Depuis quelques jours, j'ai toujours mon survêtement rouge vif. Un homme dans le hall m'interpelle avec un grand sourire :

— Vous êtes très bien habillée, votre tenue est très originale !

Je le sens, c'est une façon de se moquer de moi. En été, les gens ne s'habillent pas comme ça, ils portent des tenues légères et avec cette couleur, on peut me voir à des kilomètres ! Je dis merci avec un grand sourire.

Après plus de neuf mois de voyage au-delà des mers, ce 20 juillet 2015, je vois enfin des visages connus. Je me sens soulagée, je pense que mon odyssée prend fin.

Quelques minutes plus tard, je me retrouve chez Félicienne. Elle m'accueille avec un repas de bienvenue. Au bout de deux jours, elle me fait comprendre qu'elle ne peut pas me garder plus longtemps et que je vais devoir m'installer chez sa mère. Je suis surprise. Elle m'explique alors qu'il y a déjà trop de monde chez elle.

Sa mère, je ne la connais pas, j'appréhende, je me demande comment ça va se passer, en plus, c'est une « maman », pas une jeune, mais je n'ai pas le choix. Elle me prête la chambre de sa fille. Je n'en sors que très peu. J'ai besoin de calme après ce voyage éprouvant.

Deux jours après, Félicienne m'emmène dans les magasins avec ses copines et sa sœur pour que je sorte un peu. Tout est nouveau pour moi, il va falloir que je m'adapte à tous ces changements. Félicienne profite de cette balade pour me parler d'une autre cousine qui se trouve ici, Angèle.

Elle me dit qu'il faut qu'on lui fasse savoir que je suis là parce que dans le cas où on se croiserait, elle pourrait mal prendre le fait de ne pas l'avoir su avant. Je ne suis pas trop emballée, parce qu'il y a longtemps que je n'ai plus de lien avec cette cousine. Néanmoins, j'accepte.

Angèle m'indique comment faire pour me rendre chez elle, m'attend à l'entrée de Grand-Place[55]. Très contente de me voir, elle m'emmène ensuite à son travail d'aide à domicile en me faisant passer pour sa stagiaire. À la fin de la journée, elle me montre son futur appartement. Je la complimente.

— Ouais, quand tu viens d'arriver et que tu vois ce que l'on a acquis, il ne faut pas nous envier, car tu ne sais pas comment on s'est sacrifiés pour avoir tout ça.

Intérieurement, je me demande pourquoi elle me fait une telle réflexion. Je ne sais pas comment l'interpréter. Ma préoccupation actuelle, c'est juste d'avoir un toit sur la tête et pas de m'acheter un logement ! Une fois à son domicile, elle me présente à ses deux enfants et m'offre à boire. Elle me demande de lui raconter mon voyage. Je refais rapidement mon parcours, puis la discussion s'engage sur un autre terrain.

— Tu fais quoi chez la mère de Félicienne ?!

---

55 Centre commercial le plus important de la ville.

Elle me raconte alors son histoire, le fait qu'elle-même a vécu chez la maman de Félicienne à son arrivée à Grenoble. Ça ne s'est pas bien passé ! Je lui dis alors :

— Vos problèmes ne me regardent pas, je ne veux pas être mêlée à tout ça !

Elle suggère ensuite de venir habiter chez elle.

— Pourquoi pas.

Je me dis que nous avons presque le même âge et que la cohabitation peut bien fonctionner.

Le même soir, Félicienne vient me récupérer. J'omets de lui révéler la discussion que j'ai eue avec Angèle. Elle me suggère d'appeler le 113 pour recevoir de l'aide.

On le fait toutes les deux, elle me briefe :

— Dis que tu es une femme battue, que ton homme t'a fait venir et t'a mise à la porte. Peut-être qu'ils te logeront.

— Ils me demandent où je suis !

Elle me souffle :

— Gare d'Échirolles.

Ils me disent : « OK, ne bougez pas. » On attend, il fait froid, en plus je ne suis pas trop habillée comme elle me l'a pourtant conseillé. Je rappelle et ils me répondent :

— Oui ne bougez pas, c'est tard, on ne peut rien faire pour vous, mais on va vous envoyer la Croix-Rouge, comme ça vous aurez au moins à manger et de l'eau.

Ma cousine s'éclipse alors. Une famille de Syriens arrive, quatre ou cinq. Ils me demandent si je suis dans la même situation qu'eux. Ça fait trois semaines qu'ils viennent là tous les soirs et qu'on leur promet un logement, mais ça ne se produit toujours pas ! La Croix-Rouge finit par faire son apparition, nous donne de quoi manger et des sacs de couchage. Ils repartent très vite.

J'appelle Félicienne, elle me ramène. Je comprends mieux la phrase que sa mère m'a dite en arrivant :

— L'Europe ce n'est plus ce que c'était avant, maintenant c'est plus dur...

Le lendemain, Angèle m'appelle.

— Je viens te chercher.

Je lui demande d'attendre un peu, le temps que j'explique la situation à celle qui a gentiment accepté de m'héberger. Je ne veux pas m'en aller comme une voleuse ! Je fais asseoir la mère de Félicienne et lui annonce qu'Angèle me propose d'emménager chez elle. Elle hoche la tête.

— Il n'y a pas de problème, on va d'abord prévenir ma fille.

Je l'appelle trois fois sans réponse. Sa mère décide qu'on aille la retrouver chez elle. Je me sens coincée, parce qu'au téléphone Angèle me met la pression :

— Je dois bientôt aller travailler, c'est maintenant ou jamais !

Je propose d'aller déposer mes sacs et de revenir ensuite expliquer la situation à ma cousine. La maman de Félicienne m'accompagne jusqu'à l'arrêt de tram où je retrouve Angèle. Elle me reçoit dans une ambiance détendue, tout va bien. Au bout d'une heure, Félicienne m'appelle tout énervée, dans un état second :

— Ouais, ça se fait pas, tu arrives, je te reçois, tu t'en vas comme ça, tu prends même pas la peine d'expliquer !

— Je t'ai appelée plusieurs fois...

— Ouais, j'ai travaillé toute la nuit !

— C'est pas ma faute, je ne suis pas sortie de chez ta mère sans prévenir, elle m'a même accompagnée.

— Je ne suis pas contente, je vais appeler au Cameroun, tu vas voir !

— Ne commence pas à me prendre la tête !
Et voilà, ça fait seulement quelques jours que je suis arrivée et les embrouilles commencent, vive l'Europe !

39

Président

Mai 2017. Après des mois de schizophrénie collective et de propos haineux, la liste des candidats à la plus haute fonction de l'État nous faisait peur. Sur les onze candidats, combien surfaient sur la vague anti-migrants et europhobe ? En plus de la fille à papa qui se réclamait du peuple, Nicolas Dupont-Aignan et François Asselineau arboraient peu ou prou les mêmes idées. Populistes, nationalistes, quels étaient les termes les plus adéquats pour qualifier ces tristes sires ? François Fillon visait aussi cet électorat. Son programme ne différait guère des trois autres. La société française virait du mauvais côté. Le bruit des bottes se rapprochait. La parole xénophobe se décomplexait et s'affichait toujours plus. Heureusement, entre les deux tours, Marine Le Pen se disqualifia toute seule faisant d'Emmanuel Macron – Julien Sorel moderne[56] – le plus jeune président de la République française. Le pire avait été, une fois de plus, évité, mais jusqu'à quand ? De plus, quelle était la position du nouveau monarque républicain sur la question des migrants ? Que pouvait faire la France, pays géographiquement ouvert aux quatre vents ? La réponse fut apportée quelques semaines plus tard par le nouveau Pre-

---

56 Personnage principal dans le roman de Stendhal *Le Rouge et le Noir*, arriviste et épris d'une femme plus âgée que lui…

mier ministre Édouard Philippe. Selon lui, les déboutés du droit d'asile recevraient directement une obligation de quitter le territoire (OQTF). Il fallait bien que ce gouvernement aille dans le sens du vent…

Dans le même temps, les autorités italiennes se déclarèrent débordées par l'arrivée massive de migrants sur ses côtes. Les États européens pouvaient fermer toutes les frontières, des personnes qui avaient traversé tant d'épreuves n'en étaient pas à une près. Ils passeraient ou feraient tout pour arriver à leurs fins… Maintenant, il fallait les accueillir dignement et demain faire en sorte qu'ils aient moins envie de partir.

L'envie de partir du continent africain ne cessera que le jour où les relations avec le Nord changeront et lorsque la démocratie sera véritablement installée. Si les pays qui le composent deviennent dans les années à venir émergents, c'est-à-dire avec des taux de croissance économique conséquents et que les différentes populations s'enrichissent, croyez-vous qu'ils partiront encore ? Pour cela, certes, les Africains, eux-mêmes devront prendre leur destin en main et arrêter de penser qu'il n'y a qu'en Europe que l'on peut réussir. De notre côté, une politique de codéveloppement est souhaitable pour tous. Cela signifiera l'abandon du néo-colonialisme ! Oui, il faudra sacrifier les Bolloré, Total et ses emplois pour ce faire. Si vous n'êtes pas prêt à cela, alors il ne faut pas vous plaindre…

Ce soir-là, on ne déboucha pas le champagne, on se contenta de regarder les réactions des uns et des autres avec en prime la déliquescence des partis traditionnels.

40

Angèle

Une fois chez Angèle, au début, tout se passait bien, mais ça n'a pas duré très longtemps. Ici tout est différent. Je le sais maintenant, ce n'est pas le paradis, loin de là. Il me faut du temps pour m'intégrer, m'habituer à ce rythme de vie effréné, que j'apprenne des choses aussi évidentes que traverser une route. Je crois toujours avoir la *priori*té sur l'automobiliste. Angèle n'aime pas du tout ça :

— Mais tu crois que tu es en Afrique ici ! Il va t'écraser, te passer dessus et il sera dans ses droits si le bonhomme est rouge !

Elle m'a montré comment faire les courses dans un supermarché. Depuis, je les fais toute seule.

J'ai découvert des plats aux saveurs inconnues de mon palais, le gratin dauphinois, la tarte aux pommes, le bœuf bourguignon...

Au lever, il faut que j'attende qu'elle me dise quoi faire, j'ai l'impression d'avoir trois ans. Je ne suis pas bien dans ma peau, car ça fait longtemps que je ne dépends de personne.

Tous les matins, mon rôle consiste à prendre la petite dernière par la main et l'emmener à l'école.

Je me retrouve alors seule à la maison. Le plus dur, c'est que je me pose sans arrêt des questions : par où vais-je commencer ou encore combien de temps ça va durer ? Angèle n'arrête pas de me dire que je peux attendre, souffler un peu après tout ce que j'ai vécu. Elle me répète en boucle :

— Ce n'est pas le moment de penser à travailler !

Dans ma tête, tout bouillonne comme une grande marmite, il faut que je commence à faire quelque chose pour m'occuper l'esprit. Depuis un mois et demi, mon quotidien consiste à exécuter les tâches les plus ingrates. Il paraît que c'est une façon de participer au coût du loyer. Je n'ai quand même pas fait tout ce chemin pour être la bonne à tout faire d'Angèle ! J'ai suivi une formation de coiffure avant de partir. Dès que je le pourrai, je trouverai un salon où travailler et un jour j'ouvrirai mon propre commerce.

Sur le plan administratif, Angèle me propose de demander l'asile et d'attendre, voir ce que cela donne. Elle m'indique de me rendre à la maison des associations de Grenoble. Une fois arrivée, je dois patienter dans une longue file, qui ne me rend pas optimiste. Au bout de quarante-cinq minutes, c'est à mon tour. Un bénévole me demande si je suis logée quelque part. Je lui réponds que j'habite chez ma cousine, mais que ce n'est pas la joie.

— Ton dossier, on va voir ce qu'on peut faire, mais pour les logements il y a des cas plus urgents, des femmes avec des bébés.

Finalement, c'est triste à dire, mais ma vie en France ressemble à celle de Fylakio. Angèle ne me laisse pas aller et venir comme je veux, je dois rendre compte de chacun de mes faits et gestes, je me sens vraiment dans la peau d'une petite fille ou de celle, encore, qui était enfermée il y a quelques mois. Parfois, j'ai envie de crier, de hurler ma rage et ma soif de liberté, mais rien ne sort.

Tout reste à l'intérieur, enfoui en profondeur. Je dois me contenir sinon je vais finir à la rue.

Ma cousine me met en contact avec l'un de ses amis. Je suis sur la réserve et j'ai raison. Lors qu'Angèle me montre les photos d'Apollon, ce dernier est toujours en charmante compagnie. Elle me fait comprendre que cette dernière est son ex-femme. Alors, prudente – nombre d'hommes laissent leur femme au pays et s'amusent en Europe –, je dis à Apollon que j'ai besoin de temps et que m*a priori*té n'est pas de trouver quelqu'un.

Le comble, c'est que j'ai la sensation qu'après me l'avoir présenté, Angèle est jalouse qu'Apollon et moi apprenions à nous connaître. Sa présence régulière est cause de tensions. Après son départ, elle pète un câble :

— Non, ça ne se passe pas comme ça, tu ne le fais pas venir ici !

C'est ma faute, évidemment. Franchement je n'en peux plus de ses sautes d'humeur. La marmite va exploser sous peu.

Je me rends compte à présent que ça ne peut pas coller avec Apollon. Égocentrique, beau parleur, baratineur, « m'as-tu-vu », c'est bien trop pour moi. Le genre de type qui vous promet la lune, mais qui vous enferme dans une citrouille avec tout le ménage à faire à l'intérieur.

41

Solidarité africaine

À mesure que le temps passait, Jane se sentait de mieux en mieux chez moi et de moins en moins bien chez Angèle. Cette dernière venait d'acheter un logement non loin de celui qu'elle louait. Elle déménageait ainsi petit à petit ses affaires ainsi que celles de ses deux filles. Je ne les croisais que très rarement. Un soir, je fus invité dans leur nouveau « chez-eux ». Elle emménageait avec un certain Jérémy, étudiant ivoirien, qui paraissait plus jeune qu'elle. J'eus droit à un verre, le but de la soirée étant d'aller manger au KFC. La petite de 6 ans, ravie, arpentait en courant les allées du fast-food. Elle ne tenait pas en place. Hyperactive en classe au point de désespérer sa maîtresse, elle payait cher la séparation de ses parents.

La petite famille s'en allant de l'appartement, l'avenir de Jane en ce lieu s'en trouvait compromis. Comment Angèle allait-elle faire pour à la fois rembourser son prêt et payer le loyer ? J'appris avec stupéfaction à cette occasion que Jane devait à sa cousine rien de moins que 300 euros par mois pour l'occupation de sa chambre ! C'était ça, la solidarité familiale ?! Je commençais à douter sérieusement des réelles intentions de sa sœur. Pourtant, et bien avant cette relation, on m'avait tellement vanté « la solidarité africaine » comparée à l'affreux individualisme européen... Il faut croire qu'elle n'existait plus entre « mbenguistes »[57].

Deux jours plus tard, elle m'apprit au téléphone qu'une nouvelle colocataire avait investi l'appartement au même tarif qu'elle. Au moins, elle aurait de la compagnie lorsqu'on ne se verrait pas. Nous avions d'ailleurs désormais du mal à rester plusieurs jours loin l'un de l'autre. J'arpentais tranquillement les rues de son quartier en me fondant dans le décor. Les dealers ne faisaient plus attention à moi, trop occupés à leurs affaires et à se cacher de la police.

Me sentant presque chez moi, j'étais de plus en plus offusqué par ses conditions de vie. Jane avait dû céder sa chambre à la nouvelle locataire, qui refusait l'autre espace disponible. Elle n'avait pas eu le choix, sa cousine sous-entendant qu'elle aurait à se chercher un autre appartement si elle n'acceptait pas les conditions exigées par sa colocataire. Ce petit chantage l'obligea à prendre une petite chambre au matelas instable. Je lui en fis la remarque dès le début. Cela ne m'encourageait pas à passer la nuit là-bas. C'était sans doute aussi la principale raison qui avait poussé la Nigériane à vouloir changer de pièce.

J'eus l'occasion de la croiser à deux ou trois reprises. Elle passait une partie de son temps cloîtrée dans sa chambre. Lorsqu'elle sortait, c'était souvent pour aller acheter à manger. Nigériane, elle ne parlait qu'anglais et je compris, d'après les propos de Jane, qu'elle avait du mal à se faire à la vie de son nouveau pays d'accueil.

Comment vivait-elle ? Certaines petites phrases de Jane la concernant ne laissaient guère de place à l'équi-

---

57 Terme qui désigne un ou une Camerounaise parti(e) à l'étranger.

voque. De nos jours, les Nigérianes constituaient le plus gros contingent des prostituées qui arpentaient nos rues. Encouragées parfois par leur propre famille, ces jeunes femmes voyaient leur voyage financé par de puissants proxénètes. Après avoir traversé les mêmes souffrances que les autres migrants pour arriver ici, elles devaient ensuite rembourser des milliers d'euros pendant des années... On en croisait souvent pendant la journée dans les petites échoppes africaines, dans les salons de coiffure ou même au détour d'une rue. Ce n'est que le soir venu vers 19 heures qu'elles partaient souvent à deux – pour éviter les agressions – en direction des grands boulevards. Tenues légères exigées, maquillage renforcé. La plupart changeaient régulièrement de ville afin d'échapper aux radars de la police. Quelques mois à Grenoble puis à Lyon, Paris... Elles obtenaient souvent leurs papiers. Cette Nigériane faisait-elle partie de ces sacrifiées ?

Ce jour-là, elle me salua à moitié dévêtue. Cela ne me fit aucun effet, contrairement aux craintes émises par ma chérie. De toute façon, elle ne correspondait pas du tout à mes critères. Je n'aimais ni sa silhouette ni sa démarche et puis mon cœur avait vraiment été capturé par ma lionne indomptable. C'est ce qui, au fond, faisait toute la différence. Aucune autre femme, aussi belle soit-elle, n'aurait pu s'immiscer entre nous.

Un soir, des coups de feu déchirèrent la nuit urbaine et réveillèrent la maisonnée. Elle nous demanda ce qu'il se passait.

Je lui répondis :
— *Shots, shots !*[58]

---

58 Des tirs !

Elle ouvrit grand les yeux, effrayée par cette nouvelle. Nous eûmes tous les trois le même réflexe, nous précipiter à la fenêtre.

En fait, je ne savais pas non plus ce qui se tramait à l'extérieur lorsque nous entendîmes les fameuses déflagrations et aucune information ne nous confirma qu'il s'agissait réellement de tirs de kalachnikov. Des pétards ? Après tout, peut-être, mais il est vrai qu'en plein contexte terroriste, à tout moment chacun d'entre nous pouvait bondir au moindre bruit, penser que ce que l'on voyait à la télévision risquait de se produire devant chez soi. Les attentats se multipliaient à travers le pays et pourtant, il fallait bien continuer à vivre…

Jane appréciait son quartier et cela me paraissait tellement paradoxal, tant le « village » abritait une forte communauté d'un pays, la Turquie, où elle avait connu mille tourments. La chaleur et la vie du lieu lui rappelaient peut-être le marché d'Édéa dont elle me parla tant par la suite. Sur la place, les enfants couraient çà et là surveillés de près par leurs mères, pour la plupart, voilées. Les vieux, attablés au café, fumaient la chicha. Les ados demeuraient invisibles, cachés à l'ombre des entrées ou dans des interstices. On pouvait les apercevoir, souvent en groupe, casquette sur la tête en train d'évoquer la dernière voiture que possédait untel ou telle dispute qui aurait dégénéré en bagarre.

Un matin, alors que nous sortions de chez elle, un jeune voisin dealer, le nez dans sa boîte aux lettres ouverte, organisait sa journée et rangeait son matériel. Il nous jeta à peine un regard. En même temps, nous passâmes à côté comme si de rien n'était. On ne sait pas quelle réaction peut avoir un dealer qui est dérangé dans ses activités.

Un événement a fini par faire basculer la relation de Jane avec sa sœur. Au bout d'un petit mois de location dans l'appartement, la Nigériane décida de partir. Elle ne voulait pas seulement quitter le quartier, mais le pays. Elle ne s'était apparemment pas acclimatée à son nouvel environnement. À chaque fois que Jane m'en parlait, elle soulignait son mal de vivre. Jamais on ne l'entendait rire. Comme si cela ne suffisait pas, en cuisinant, elle avait laissé la marmite au sol, ce qui infligea une vilaine marque roussâtre au carrelage. Ce fut sans doute la goutte d'eau qui fit déborder le vase. Angèle, furieuse, exigea d'elle immédiatement un dédommagement de plus de 200 euros ! Par téléphone, la Nigériane lui dit qu'elle n'avait plus d'argent. Jane fut alors désignée à son corps défendant comme médiatrice avec pour mission de la faire céder. Cela l'ennuyait profondément, car elle était dotée d'un sentiment bizarre de nos jours que peu de gens ressentent, l'empathie. La Nigériane lui faisait de la peine, lui rappelant ce qu'elle avait vécu lors de son voyage. Jane eut seulement le temps d'avertir sa cousine que la fille prenait la poudre d'escampette avec un billet de train sans retour pour l'Espagne, une terre que la migrante pensait être plus accueillante. Angèle demanda à Jane de la retenir. Cette dernière affirma qu'elle ne pouvait pas, estimant que ce n'étaient pas ses affaires. Au contraire, elle sortit pour se changer les idées. En fermant la porte, elle souhaita bonne chance à la Nigériane. Elle se revoyait quelques mois auparavant à sa place. Deux heures plus tard, la migrante l'appela pour lui dire qu'elle avait bien eu son train. Comment s'était-elle arrangée avec sa Angèle ? Jane avait eu confirmation que sa cousine avait débarqué à l'appartement peu après qu'elle fut partie. Elle avait dû soutirer le peu de ce qui restait à la pauvre fille.

Lorsque Jane me raconta ce qui était arrivé, j'étais bien d'accord avec elle, Angèle abusait de la situation. N'y avait-il pas pire que d'exploiter la misère humaine ? Ce fut l'occasion pour moi d'évoquer avec ma chérie une vie commune. Les divergences avec sa cousine s'accumulaient. On ne se connaissait que depuis trois mois, mais l'accueillir dans mon appartement se révélait être la meilleure des solutions.

42

Ennemies

Les problèmes arrivent.

Ce mois-ci, les 300 euros que je touche au titre de l'allocation de demandeur d'asile vont aller directement dans les poches d'Angèle. Je me demande comment je vais faire financièrement pour continuer à payer ce loyer.

Depuis quelque temps, je discute sur Internet sans en attendre quoi que ce soit. Et au final, j'ai peut-être trouvé mon prince charmant ! Il s'appelle Tom. Après avoir seulement parlé quelques minutes avec lui et sans l'avoir rencontré, j'ai raconté tout ça à ma cousine.

Tom s'implique de plus en plus dans notre relation, il m'appelle tous les midis. Je raconte l'évolution de cet amour naissant sans arrière-pensée à celle que je considère maintenant comme ma confidente. Sa première réaction est de me demander de l'inscrire sur le même site que moi.

Soudain, elle me conseille de tarifer mon premier rapport sexuel avec lui ! Murée dans le silence, je suis choquée. À l'intérieur, le couvercle de la marmite s'agite drôlement.

Jamais je ne vendrai mon corps ! En plus, ce genre d'attitude va le faire fuir !

Je veux une vraie relation et pas une petite histoire sans lendemain.

C'est pour cela que je vais faire l'opposé de ce qu'elle me dicte.

Au bout d'un mois, ma cousine le rencontre pour la première fois. Après son départ, je lui demande comment elle le trouve. Pour elle, il est quelconque.

Je n'apprécie pas trop sa réaction.

Le coup de massue survient quelques jours plus tard. Ma demande d'asile n'a pas abouti et on me donne un laissez-passer pour la Hongrie. Franchement, qu'est-ce que je vais bien pouvoir faire là-bas ? Je suis au plus mal, après toutes les épreuves que j'ai endurées. Ai-je fait six mois de prison, risquer ma vie en traversant la Méditerranée et la moitié de l'Europe pour rien ?

Ce soir-là je bois encore et encore, dans ma tête, je ne veux pas me réveiller...

J'ai envie de tout plaquer et de partir en Suisse. Tom me convainc de rester et décide de me prendre sous son aile !

J'en parle le soir même à Angèle. Dès lors, je sens qu'il y a un problème et que notre relation peut basculer. Elle me dissuade d'emménager chez Tom.

— Non, il ne faut pas, l'homme blanc est changeant, pour un rien, il va te foutre à la porte ; ici, t'es bien, tu as ta chambre, je te conseille de rester là et il n'a qu'à venir ici te voir et si, au bout d'un an, vous voyez que ça se passe bien, là, tu pourras emménager avec lui, mais maintenant ce n'est pas la peine.

Sur le coup, je me dis qu'elle a peut-être raison. Je lui réponds que je vais réfléchir, voir comment ça évolue entre nous. En vérité, je suis un peu étonnée par sa réaction et son raisonnement. Ces derniers temps, Jérémy, son nouveau copain, s'est installé chez elle.

Pourquoi désapprouve-t-elle cette idée alors qu'elle-même le connaît à peine ?

Quoi qu'elle en pense, la décision me revient, je vais m'installer chez Tom.

43

L'avocate

La préfecture l'avait convoquée, elle s'y était rendue. La personne au guichet lui avait pris le papier attestant de son séjour et lui avait demandé de signer à la place un autre document pour « faciliter sa demande d'asile ». En fait, elle la berna et lui remit un laissez-passer vers la Hongrie valable jusqu'en mars 2016. C'est bien simple, j'en étais offusqué. Tant sur la forme que sur le fond. Le mensonge comme mode de fonctionnement ! On dupait les plus faibles, on rusait des personnes à qui l'on reprochait d'avoir franchi des frontières pendant qu'on laissait les « vrais » délinquants dehors.

Le document qu'on lui avait remis signifiait dramatiquement le rejet de sa demande d'asile, faisant d'elle une véritable « sans-papiers ». La France lui conseillait ironiquement d'aller se faire voir chez les Hongrois, dont le gouvernement était bien connu pour sa tolérance envers les migrants. Au même moment, le Premier ministre, Viktor Orbán, ultraconservateur, organisait une campagne télévisuelle où les migrants étaient assimilés à des « terroristes déguisés ».

En septembre 2015, il refusa le quota du nombre de réfugiés à accueillir sur son sol, érigea des barbelés à ses frontières et prononça des peines de prison ferme pour ceux qui arrivaient irrégulièrement sur le sol magyar.

En 2016, le Premier ministre procéda à un référendum contre le fait d'accueillir les migrants. Il fit une terrible campagne médiatique de dénigrement. Quatre-vingt-seize pour cent des votants allèrent dans son sens, mais trente-sept pour cent des électeurs seulement s'étaient déplacés dans les urnes. Le nombre élevé d'abstentionnistes invalida le scrutin.

Et c'est dans ce contexte que la préfecture de Grenoble voulait la renvoyer ?

France, terre d'accueil ? Vraiment ? C'est la question que se posaient en octobre 2016 Ava Djamshidi et Christine Mateus dans un article publié dans *Le Parisien*[59] à la suite de réactions hostiles de certaines communes concernant l'installation de centres d'accueil pour réfugiés. De manière plus globale, les journalistes s'interrogeaient sur un éventuel changement vis-à-vis de différentes populations acceptées au cours des siècles passés en France. Certes, dans un tout autre contexte – lors de la guerre d'indépendance contre les Anglais et *de facto* avec le soutien des Français – Thomas Jefferson lui-même ne déclarait-il pas : « Tout homme a deux patries, la sienne et la France. »

Il n'était évidemment pas question que Jane parte dans un pays, la Hongrie, dont elle ne connaissait ni la langue ni ses habitants. En attendant de trouver une solution, elle devait vivre en permanence dans l'illégalité avec la peur au ventre. Il fallait faire avec. Après qu'elle voulut changer son numéro de téléphone et rompre les ponts avec les associations d'aide aux étrangers, je la persuadai de prendre rendez-vous avec ces dernières afin de

---

59 Article en ligne sur le site : http://www.leparisien.fr/societe/migrants-la-france-terre-d-accueil-vraiment-08-10-2016-6185175.php

trouver un avocat pour cerner les différentes options possibles.

La nouvelle nous avait donc touchés depuis plusieurs jours et elle m'avait mis en colère. Un sentiment d'injustice, une décision que je trouvais inhumaine et aux antipodes de l'idée que je me faisais de notre République. La France, pays des droits de l'homme, ne voulait pas de Jane, une francophone honnête et désireuse de travailler. Angoissée par sa situation désormais clandestine, elle alla voir une association d'aide aux étrangers. Ils lui transmirent l'adresse de plusieurs avocats susceptibles de la conseiller sur les moyens de contester cette décision. Elle m'avait demandé de l'accompagner et j'avais été contraint de prendre mon après-midi pour « convenances personnelles ». Je le fis sans sourciller, me sentant comme un chevalier en mission, prêt à expliciter si besoin les mots parfois obscurs du droit.

L'immeuble haussmannien, sis sur l'avenue autrefois la plus longue d'Europe[60], se trouvait non loin de la Bastille. Mon stress augmenta alors que nous franchissions l'imposante porte d'entrée. Une secrétaire nous reçut dans un décor très classique, une salle d'attente, un secrétariat et deux bureaux pour les avocates. Nous n'étions pas seuls, un jeune Pakistanais accompagné d'une femme, sans doute du milieu associatif, attendait lui aussi les conseils adéquats pour pouvoir rester dans le pays. Peut-être attendait-il trop d'elle, la voyant comme une magicienne qui allait prodigieusement retourner

---

60 Familièrement et anciennement appelé cours Jean-Jaurès, aujourd'hui se nomme cours de la Libération et du Général de Gaulle, autrefois cours Saint-André, cette avenue est l'une des plus longues d'Europe avec ses 7,8 km, s'établissant sur les communes de Grenoble, Échirolles, Pont-de-Claix et Claix.

une situation compliquée. Aladin et sa lampe magique n'existaient pas.

Un lourd silence régnait dans la pièce. Je tentais de rassurer Jane en lui prenant la main. De cette dernière émanait une douce odeur de noix de coco. Je lui prodiguai des petits mots d'encouragement, alors que, de son côté, le Pakistanais posa une question en anglais à son accompagnatrice. Deux minutes plus tard, la secrétaire les prit en charge.

Jane, la mine rigide et dont l'anxiété atteignait son paroxysme, se tenait droite sur sa chaise. Après vingt minutes qui parurent interminables, l'avocate, une femme d'une cinquantaine d'années, vint nous chercher.

À l'issue de cet entretien, je compris plusieurs choses sur notre pays et son « accueil des étrangers. » Les pauvres ne peuvent pas venir chez nous sauf s'ils sont en danger de mort dans leur pays d'origine. C'est d'une réalité glaçante sachant les risques considérables qu'ils prennent pour parvenir jusqu'à nous. Victimes de guerres civiles, génocides, ou discriminations liées à la sexualité, ils ont une chance, à condition de pouvoir le prouver... Pour les autres, l'accueil est possible s'ils ont des parents, un frère ou une sœur déjà présents légalement sur notre sol pour enclencher alors une procédure de regroupement familial. Autre option, être étudiant, c'est le cas le plus fréquent, mais également le plus provisoire. La meilleure situation est d'être un sportif d'exception, alors là on vous accueillera les bras ouverts pour rapporter une médaille au pays ou faire trembler régulièrement des filets. Pas besoin de parler la langue ni de savoir quoi que ce soit du pays. On vous engage. Méritoire ? Écœurant.

D'autres solutions existent : la plus simple est de faire un enfant avec un citoyen français. Quant au mariage avec ce même citoyen, si dans le passé il constituait une solution facile d'obtention de titres de séjour, la législation s'est durcie, notamment pour ceux entrés illégalement sur le territoire français. Il ne suffit plus d'être marié pour être régularisé dans les mois qui suivent. Au bout de cinq ans de non-droit, le demandeur peut alors espérer ne pas être expulsé du pays. Oui, vous avez bien compris. Ne pas être expulsé ne veut pas dire pour autant être régularisé. Pour cela, il devra encore démontrer la qualité de son intégration.

Plus inquiétant, il existe de nombreux cas où des personnes même mariées ont été expulsées dans leur pays d'origine et ne sont pas revenues en France.

Une fois ces écueils franchis, le couple aura à subir une minutieuse enquête de la part des autorités, ressentie souvent par les requérants comme une intrusion dans leur vie privée. Certes, des abus avaient été constatés dans le passé avec des « mariages blancs », mais tous ceux qui s'aiment réellement de nos jours doivent-ils payer pour les excès passés ?

En couple avec un Français, un bon point, elle travaille dans une association, un autre bon point... Cinq ans dans la peau d'un fantôme sans droit à la santé ni aucune existence légale.

Que voulez-vous, il faut faire du chiffre en matière d'expulsions, alors plus on expulse, plus on contente l'opinion générale convaincue qu'il y a trop d'étrangers en France. Et si le requérant se décourage et rentre lui-même dans son pays, c'est encore mieux.

Autant en entrant chez l'avocate, nous étions remplis d'espoir, autant en sortant, nous avions l'impression que le monde s'écroulait sur nous, qu'il n'y avait aucune échappatoire à notre situation. S'armer de patience constituait notre unique certitude. On venait d'en prendre pour cinq ans. En regagnant la voiture, je vis toute la détresse sur le visage de ma bien-aimée.

44

Parias

Le « laissez-passer » que Jane avait reçu ne portait pas bien son nom. Il avait des conséquences très négatives et signifiait notamment la fin de son allocation de demandeur d'asile. Elle ne l'avait reçue que deux fois. Alors que les trolls fascisants vomissaient sur les réseaux sociaux que les migrants vivaient comme des pachas sans travailler, Jane avait royalement touché 253 euros le premier mois et 354 le deuxième…

En vérité, ce fut la double peine, car elle n'avait pas encore sollicité l'Aide médicale d'État (AME). Il fallait en effet trois mois de séjour pour en bénéficier. À partir du moment où elle recevait ce laissez-passer, on nous dit qu'elle n'avait droit à aucun soin remboursé. Elle rejoignait ainsi le rang des parias sans papiers, des fantômes à qui les associations recommandaient de ne pas se faire remarquer et d'attendre…

On pensa à Médecins du Monde pour que Jane puisse au moins consulter si elle en avait besoin. Située en plein centre-ville, l'officine non gouvernementale ne désemplissait pas. Or, la personne qui reçut Jane ne fut pas des plus cordiales. Jane rentra sans avoir été prise en charge, pensant désormais qu'elle n'avait droit à rien.

Nous croisions donc les doigts pour qu'elle ne tombe pas malade ou qu'elle ait un quelconque problème. Ce fut seulement des années plus tard que nous apprîmes que Jane avait bien droit à l'AME.

Devenir complètement invisible n'était pas vraiment le genre de la maison. Même si cela nous poussait encore moins à sortir, Jane et moi passions les longs week-ends d'hiver à tourner une web-série intitulée *Mixtes*, fiction humoristique sans guère de moyens évoquant justement le quotidien d'un couple mixte et ses différences culturelles. Cela lui permettait au moins pour un court moment d'oublier sa situation administrative et de nous donner des buts et des réalisations à accomplir à court terme.

45

Impressions

Ce qui me plaît chez elle, c'est qu'elle ne se plaint pas, et pourtant elle en aurait le droit. Elle peut vous raconter les mille et une péripéties qu'elle a vécues sans pour autant accuser qui que ce soit. Si elle a quitté son pays, ce n'est pas la faute de son président, Paul Biya. Sans situation administrative, ce n'est pas à cause de François Hollande ou d'Emmanuel Macron. Elle trouve dans le récit qu'elle me narre parfois une façon d'expulser cette colère sourde qui l'habite, ses peurs ainsi que ses angoisses. C'est vrai, elle n'ira peut-être plus en Grèce ni en Turquie et parle de ces pays en termes peu flatteurs, mais elle ne se victimise jamais. « Ce qui est arrivé, est arrivé. » Avec du courage et de l'abnégation, les barrières se briseront. C'est son credo, persévérer. Je m'y retrouve beaucoup.

Certaines personnes ne voient pas d'un très bon œil notre relation, de son côté comme du mien. François Durpaire, journaliste à *France 2*, avait réalisé une série de vidéos micros-trottoirs qui concernait le « vivre ensemble ». « Avez-vous un ami noir ? » ; « Avez-vous un ami blanc ? » On voyait des personnes gênées de répondre. Rien de trivial, pas de vérité toute faite.

On lui a souvent dit de faire attention au Blanc. « Il parle trop et si un jour, tu le quittes, il va te dénoncer, c'est sûr, il ne faut donc rien lui avouer. » De plus, il est alcoolique, infidèle et tape sur les femmes. Pour couronner le tout, il a un petit sexe. Pas de chance pour ceux qui m'ont dénigré, je n'ai aucune de ces tares.

Bien sûr, de mon côté aussi, dans le cercle familial, des préjugés se sont fait jour. Mes parents ont accepté ma relation, mais d'autres proches ont été pour le moins méfiants. Des regards inamicaux ont croisé le sien. Certains n'ont pas mal à la langue et se sont même autorisés à quelques commentaires déplacés en notre présence : « Être jolie, ça ne fait pas tout. » Notre couple fait parler, Jane a acquis le statut de première pièce rapportée noire de la famille. La majorité se comporte dignement. D'autant plus que les quarantenaires et moins sont ou ont été au cœur des villes et la société multiculturelle et ne s'étonnent pas de voir un couple mixte. Quant aux autres, avec le temps, peut-être changeront-ils de point de vue ?

— Poursuivons notre chemin, me dit-elle.

La voix de la sagesse. La meilleure des attitudes. C'est l'une des premières fois pour moi, une sensation bizarre et désagréable, des regards qui s'attardent sur nous, des comportements étranges. Des voisins à nous m'avaient dit bonjour la première fois qu'ils m'avaient vu seul et demandé de l'aide pour monter leur machine à laver. Sourires de remerciement. Quelques jours plus tard, ils ne daignèrent pas nous saluer alors que nous les croisions devant la résidence. Notre bonjour partit avec le vent. Un autre jour, dans un magasin de vêtements, une vendeuse nous parla sèchement après avoir bien observé tous nos faits et gestes dans les rayons. D'autres personnes nous scrutent, nous adressent à peine deux mots rentrés dans leur gorge, alors qu'auparavant ils me faisaient de grands saluts. De l'étonnement, enfin. Trois enfants de la campagne ouvrent grand leurs yeux en nous fixant attentivement. Ils sont accompagnés d'une nourrice qui adopte la même attitude. Ai-je rêvé ? Bien sûr, je peux me tromper. Peut-être n'est-ce qu'une impression ? Le comportement de quelques personnes pourrait-il s'expliquer par un phénomène de curiosité ?

Cependant, lorsque vous regardez votre téléviseur, on vous montre des horreurs, des problèmes de société, mais des couples mixtes ? À la campagne, il n'y a pas de personne noire ? Pourtant, la plupart des gens qui vous scrutent sont souvent eux-mêmes des enfants, des petits-enfants de migrants italiens, espagnols, polonais... Quand ils sont arrivés en France, les gens les ont sans doute regardés de la même façon, avec au mieux une attention soutenue, intriguée, méfiante, voire pire... En août 1893, à Aigues-Mortes, des ouvriers italiens furent massacrés par la population locale qui les accusait de prendre leur travail[61]. Exemple extrême, société d'un autre temps diront certains. Aujourd'hui, le racisme s'exprime librement sur les réseaux sociaux, se montre à visage découvert chez des représentants politiques avec une hypocrisie évidente. Selon un sondage Ipsos d'août 2016, cinquante-sept pour cent des Français estimaient qu'il y avait trop d'immigrés en France, soixante-trois pour cent qu'ils ne pourraient pas s'intégrer[62].

Je m'y ferai sûrement. J'ai comme un sentiment de gêne pour ces gens-là, je les plains au fond, avec leurs

---

61 On estime le nombre de morts à dix-sept, sans pour autant avoir de certitude. Source : Gérard Noiriel, *Le massacre des Italiens*, Fayard, 2010.

62 Le même sondage a été réalisé dans vingt-deux pays, certains comme la Turquie ou l'Italie affichaient des taux encore plus élevés, en tout cas pour la première question. Source : AFP, Maxime Magnier, 22 août 2016.

aigreurs, leurs frustrations et leur ignorance. Ils doivent être bien malheureux pour haïr ou méconnaître les autres à ce point. Regardent-ils seulement celles et ceux qui ramassent leurs poubelles, nettoient leur chambre d'hôtel, lavent et s'occupent de leur vieille mère ?

Ne croyez pas pour autant que le racisme, la discrimination et la méfiance soient l'apanage des Blancs. De l'autre « côté », je supporte de moins en moins la victimisation, le « tout le monde est raciste avec NOUS ». Qui est ce « nous » ? Pourquoi le « nous » ne serait pas un « nous » collectif, tous les gens qui habitent le même pays, la France ? Les exemples sont multiples. Une proche de Jane nous raconte qu'on l'avait mal conseillée pour ses études et que c'était certainement à cause de sa couleur de peau qu'une Noire devait faire les tâches ingrates avec une petite paie à la fin du mois. Même si le conseiller d'orientation avait eu cette mentalité, qu'est-ce qui l'empêchait de choisir elle-même sa voie ? NOUS... Comme si les Blancs ne pouvaient pas être eux-mêmes victimes de discrimination. Enfant d'ouvrier, j'y ai eu droit. À l'entrée du collège, le directeur nous avait dit, à mes parents et moi, que ce n'était pas la peine de prendre comme première langue l'allemand parce que j'allais sûrement faire des études professionnelles... Mes parents ont passé outre, et à chaque réflexion de ce genre, j'ai baissé la tête, ravalé ma fierté et j'ai avancé. Lorsque mon prof de maths en seconde m'a demandé ce que j'allais bien pouvoir faire dans la vie, après m'avoir rendu un 2/20, je ne me suis pas pour autant jeté par la fenêtre ou victimisé. Je ne lui ai pas répondu : « Comme toi ! », parce qu'à l'époque je ne savais pas que j'allais épouser une carrière d'enseignant. C'est vrai, je l'ai haï, bien cordialement, pendant des années et cette rage m'a permis de m'en sortir, plus tard, dans les moments décisifs. Il y a des gens qui n'ont pas la force de se battre, qui baissent les bras devant les difficultés ou alors qui n'ont vraiment pas de chance, je le conçois. Jane, elle, se battait et luttait vaillamment contre les vents contraires.

46

Sabotage

Ce matin, je me rends dans le nouvel appartement d'Angèle pour la coiffer. Pendant une heure, elle ne m'adresse pas la parole. Intriguée, je lui demande s'il y a un problème.
Elle me répond :
— Non, tout va bien.
Je la trouve différente. Sa petite dernière le confirme :
— Maman est pas contente, il paraît que t'as brûlé le sol de la maison, que t'as cassé le manche du volet roulant et que t'es allée en mariage chez tonton Tom.
Le visage d'Angèle se décompose. Elle commence à blâmer sa fille et lui demande de se taire.
— Oui, tu parlais avec la tata de la Suisse, a répliqué la cadette.
Et là, je réalise que c'est vrai, qu'elle ne l'a pas inventé ! Sa mère a parlé en mal de moi à autrui. Je garde mon calme et fais mine de rien, mais je comprends qu'à partir de cet instant il y a quelque chose de brisé entre nous.
Dois-je toujours la considérer comme un membre de ma famille ? Cette question n'arrête pas de me revenir en tête.
Sa réaction pleine d'amertume et d'aigreur me conforte dans mon choix. Peu importe ce qui pourra arriver, je ne

vais plus me laisser guider par qui que ce soit. Angèle veut seulement que je reste sous sa coupe.

Depuis, j'ai appris qu'elle a dit des tas de méchancetés sur moi. Pour elle, je suis une prostituée, une petite ingrate. Elle m'a hébergée et d'après elle, je ne lui ai même pas dit au revoir, ce qui est bien évidemment faux. J'ai couché avec tous ses amis ! Sans que je sache pourquoi, je suis devenue sa pire ennemie. Elle colporte tous ces mensonges à qui veut l'entendre et même au-delà des mers, au Cameroun, auprès de ma famille.

J'ai remarqué que la pire des choses dans ce pays, c'est que les gens sachent que tu es sans papiers. Ils vont vouloir te marcher dessus, certains en profitent pour te mener la vie dure et ils seraient même prêts à te dénoncer aux autorités à la moindre embrouille. Angèle est allée jusqu'à révéler à des personnes que je ne connais pas que je suis sans papiers. La pire des trahisons.

Je ne la considère donc plus comme une sœur qu'elle aurait pu devenir. Le mal est incurable, la sentence irrémédiable.

C'est triste, parce que quand on vit au Cameroun et que ces gens-là reviennent au pays, ils sont gentils et te montrent une facette d'eux complètement différente. Ils te font rêver, ils te disent comment la vie peut être belle en Europe, ils ne te montrent pas leur vrai visage. Je ne serais pas venue en France, je n'aurais pas su comment cette personne était vraiment au fond d'elle.

En général, quand tu viens et que tu te fais loger par quelqu'un, il veut diriger ta vie, te ramener en enfance et te traiter comme de la merde simplement parce que tu vis à ses crochets. Il est fier de nous voir souffrir.

Certains d'entre eux comme Angèle affirmeront qu'à leur arrivée en Europe, ils ont trop souffert. Et l'attente a été très longue ! Toi, à peine arrivée, tu t'en sors.

Ne sois pas jalouse, ma « sœur » !

Nous ne sommes pas faits du même bois, nous n'avons pas tous la même chance ; regarde les doigts de ta main, ils n'ont pas la même taille.

Aujourd'hui, si je ne te parle plus, c'est parce que ton attitude a été inacceptable et que j'ai décidé de rester dans mon coin pour que l'on n'ait plus de prises de tête. Comme le dit le dicton, mieux vaut être seule que mal entourée.

Même si tout se passe bien avec Tom, les miens me manquent. En Afrique, je passais la plupart de mon temps avec ma famille. Ici, je n'en ai plus. Ne pas pouvoir partager des moments de complicité avec eux s'avère compliqué.

Ne pas avoir de papier accentue ce mal-être. Je n'ai pas le droit de travailler, de voyager, de me soigner gratuitement ou encore de profiter des petits plaisirs de la vie.

Oui, comme je le dis souvent désormais, *je suis comme emprisonnée dans mon propre corps* ! Je ne dispose d'aucun droit, condamnée à errer tel un fantôme dans les rues. Ma consolation est d'avoir trouvé l'amour ! Le destin a mis sur mon chemin Tom et je ferai avec lui le plus beau des parcours.

Épilogue

Cela fait quatre ans que nous vivons ensemble et aujourd'hui, elle m'a réservé une petite surprise. Je l'ai découverte alors que j'étais au travail. Elle avait soigneusement pris la peine de me glisser une lettre dans mon sac. Je l'ai lue dès que j'ai eu fini mes cours. Seul dans ma classe, j'avais tout loisir de la compulser tranquillement.

Mon amour,
Une fois que je suis partie de chez ma sœur, je me suis sentie plus légère. J'allais pouvoir vivre pleinement et librement ma relation avec toi. Autant j'étais heureuse d'emménager, autant ça constituait un risque considérable pour nous deux étant donné que nous ne nous connaissions pas depuis si longtemps que ça et, pire encore, si cela se passait mal, en ce qui me concerne, je ne pouvais plus faire marche arrière et retourner chez Angèle. Tu le sais, je te l'avais raconté, on m'avait bien fait comprendre le danger de cohabiter avec l'homme blanc. Je ne savais pas trop à quoi m'attendre, n'ayant eu comme compagnon que des hommes noirs. Une fois installée, j'ai dû apprendre à te connaître et j'ai été agréablement surprise de voir que tout ce qu'on avait pu me dire sur l'homme blanc se révélait faux, en tout cas pour ce qui te concernait. Depuis, je me sens aimée et pleinement heureuse. La cohabitation n'a rien changé à notre relation, tout au contraire elle l'a renforcée. Sans toi, où serais-je dans cette France qui n'a pour l'instant

pas voulu de moi ? Merci d'être présent à mes côtés, de me protéger et m'aimer. Mon amour, es-tu heureux à mes côtés ? Je l'espère, et ce, pour toujours.

Au moins j'ai pris le temps de lui répondre. Quand je suis rentré, j'ai caché la réponse dans la housse de la tablette... Je l'ai accueillie avec un grand sourire et quelques minutes plus tard, elle a commencé à chercher partout dans la maison la réponse et elle a fini par la trouver à l'endroit le plus évident... Elle a décacheté la lettre et s'est assise sur le canapé.

Ma chérie,
Un grand OUI. C'est vrai, c'était un risque, mais le jeu en valait la chandelle ! Au début, même si je n'étais pas au courant de tout ce qui faisait ta vie, je n'ai pas hésité à te proposer de venir chez moi. Bien sûr qu'il y avait des doutes, des différences de culture, de mentalité, des barrières mentales, mais j'ai découvert que l'amour n'a ni couleur ni nationalité. Je n'ai écouté pour une fois dans ma vie que mon cœur et je ne l'ai regretté à aucun moment. Je n'avais jamais réellement connu le bonheur et tu me l'as fait goûter. Ton sourire rayonne tel un soleil dans un ciel parfois gris, ta joie de vivre me donne du courage, tes yeux me font rêver, ta patience m'impressionne. Je veux te rendre tout ce que tu m'apportes et ce que je souhaite le plus au monde c'est que nous soyons tous les deux libres, car la liberté, comme tu me l'as déjà dit, est la plus importante des conditions au bonheur. Merci pour ces années passées avec toi, qui ne sont que les premières d'une longue série.

La suite est un conte de fées bien sûr, mais la situation de Jane n'est pas entièrement réglée. Honnête, travailleuse, intègre, qu'attendons-nous pour accepter ceux qui ont pris des risques au péril de leur vie et qui sont motivés pour travailler ? Certains secteurs économiques sont en manque de main-d'œuvre. Alors, pourquoi n'ouvrez-vous pas votre cœur ? Bien sûr qu'il doit y avoir des conditions, personne n'a jamais dit que nous devions accepter « toute la misère du monde »[63]. Parler la langue, avoir une formation. Croyez-vous que les migrants soient partis pour le plaisir ? Oui, beaucoup ne sont pas des réfugiés de guerre, mais bien des exilés économiques. Pourquoi les refuser systématiquement ? La mixité vous fait-elle peur ? Ne voulez-vous que des Durand et des Dupont dans les classes de vos enfants ? Avez-vous peur de leur religion ? Jane a la même que vous.

Rassurez-vous, beaucoup de dirigeants politiques sont de votre avis, car ce sont des démagogues – celui qui cherche à flatter le peuple[64] –, ils vont dans le sens du vent, car c'est de cette manière-là qu'ils sont élus. Ça les arrange bien que l'opinion se braque sur les migrants, comme ça on ne parle pas des sujets qui fâchent. Ils ont les mains libres pour faire leurs petits arrangements en Afrique ou ailleurs.

Malgré les murs et les barbelés, l'amour finira par triompher.

À vous tous qui rêvez d'Europe, d'aventures ou de tout autre projet, dites-vous qu'il y aura toujours des murs plus hauts que les montagnes, mais ne baissez jamais les bras !

---

63 Michel Rocard, alors Premier ministre en 1989, déclara dans une émission de télévision : « Nous ne pouvons pas héberger toute la misère du monde. La France doit rester ce qu'elle est, une terre d'asile politique [...] mais pas plus. [...] »

64 Fustel de Coulanges le définissait gentiment dans *Cité Antique*, 1864, comme un « chef de parti populaire, qui l'est souvent devenu par son habileté à parler au peuple, en particulier à Athènes.

J'ai vécu des moments difficiles entre la perte de mon père et les soucis de santé de ma mère. Pendant mon voyage, j'ai connu les dangers de la traversée de la mer, les affres de la prison la plus dure de Grèce, un combat de gladiateurs avec Goliath, les nuits à même le sol serbe, le froid allemand ou dans une voiture française, les ampoules aux pieds à force de marcher, les courses-poursuites avec la police, les embrouilles avec Angèle, des souffrances aussi bien physiques que morales et pourtant je suis là, debout et toujours aussi combattante.

J'aurais pu aussi réaliser des projets dans mon pays natal, parce qu'il est vrai qu'on peut réussir partout si on s'en donne les moyens et qu'on arrête de pleurnicher, de se lamenter et d'attendre que ce soit les autres qui viennent changer nos vies. Si je ne l'ai pas fait, c'est que j'avais un défi à relever vis-à-vis de ceux qui m'ont fait espérer ou qui ont voulu me faire passer pour une ratée et une incapable. Si tant de mes frères et sœurs partent, c'est qu'il y a bien des choses à changer au sein même de nos pays d'origine. Il faut aussi – pour éviter tant de malheurs – enseigner aux plus jeunes les réalités de la migration. En plus de créer des emplois et de donner la possibilité à sa jeunesse de s'en sortir, les États africains doivent par exemple intégrer dans leurs programmes scolaires des mises en garde sur l'exil, les risques pris pendant le voyage, mais aussi les dures réalités économiques et sociales des pays européens. Cela ne dissuadera peut-être pas tout le monde, mais au moins, ils auront tenté quelque chose pour sauver les vies sacrifiées sur l'autel du mirage européen.

Quoi que vous fassiez ou décidiez, vivez donc pleinement votre vie sans rien attendre de personne et quand vous vous retrouvez au plus bas, ne perdez jamais espoir. Parfois dans la vie, on fait des rencontres qui valent mieux que des liens familiaux.

Le migrant est un humain à part entière, bon nombre d'entre nous ont très souvent honte de dire qu'ils sont migrants. Je les comprends, on nous donne divers noms, les immigrés, les clandestins, les illégaux ou encore les réfugiés. Des noms qui nous font sentir amoindris, jamais on ne nous appelle ce que nous sommes, des voyageurs ! Il n'y a pas de quoi en avoir honte, tout au contraire, que d'épreuves traversées, il faut en être fier ! La migration a marqué l'Histoire, est et sera toujours présente en dépit des murs faits de pierres comme les cœurs de ceux qui les ont érigés. Vous renverrez les gens, ils reviendront. Apprenons plutôt à vivre ensemble.

Africains, citoyens du monde entier, si vous avez la possibilité d'investir dans vos pays, alors faites-le et voyagez plus tard dans de meilleures conditions.

Partir de chez soi est donc une expérience que je ne recommande à personne, mais lorsque l'on est passé par là, il faut l'assumer. Pour ma part, cette aventure aussi douloureuse fût-elle a changé ma vie et m'a fait grandir. Alors oui, je suis une voyageuse chanceuse d'être en vie ! J'espère pour moi et tous ceux qui connaissent le même parcours que le meilleur reste à venir.

Remerciements

Mille mercis à Orland, celle qui partage ma vie et qui m'a permis d'écrire cette histoire exceptionnelle. Sans elle, rien n'aurait pu se faire.

Mes remerciements vont également aux bêta-lectrices Audrey Poussines, Andy Mfumu et à mon correcteur Nicolas Koch.

Clin d'œil à ma maman, première supportrice, à toute la famille, notamment Nathalie et Christine, les plus fans de lecture. Je n'oublie pas les autres, la librairie Les Mots en Cavale (à Rumilly) et toutes les personnes qui me suivent, m'encouragent sur les réseaux et me soutiennent au quotidien.

Mathias

Mes remerciements vont d'abord à ma famille, ma mère et ma sœur, qui m'ont aidée et soutenue chaque fois qu'elles l'ont pu.

Merci à mon chéri qui a œuvré à écrire avec moi cette histoire et pour tout l'amour qu'il me donne au quotidien.

Merci à Rodrigue Ngassi pour tout ce qu'il a pu m'apporter avant et pendant le voyage.

Merci à Marie, la meilleure surveillante de prison qui puisse exister.

Merci à Adama, Nafissa, Tatiana, Patrick, les Géorgiennes, tous mes compagnons et compagnes de cellule et de voyage.

Merci à l'agent ivoirien de la RATP qui nous a gentiment prêté sa voiture pour ma première nuit en France.
Merci à mes cousines de m'avoir accueillie chez elles.
Merci enfin à toutes celles et ceux qui m'ont aidée à un moment ou à un autre de mon aventure.

Orland

Achevé d'imprimer le :

Impression :
BoD – Books on Demand, Norderstedt, Allemagne

Dépôt légal : février 2020